アルトゥア=シュニツラー

シュニツラー

・人と思想

岩淵 達治 著

118

CenturyBooks 清水書院

はじめに

シュニツラーと日本

一九二一（大正一〇）年盛夏のある日、帝室博物館長森鷗外は、作家の山本有三と、演劇評論家楠山正雄《くすやままさお》の訪問を受けた。楠山正雄の名は、現在では知らない人々も多いかと思うが、おびただしい数の西欧戯曲を翻訳紹介したばかりか、演劇の現場でも、島村抱月の文芸協会にかかわり、抱月の死の一年後に自殺する女優、松井須磨子が、抱月亡き後の支えとさえ思っていた人である。このたびのふたりの鷗外訪問の趣旨は、来年、つまり一九二二年に還暦を迎えるオーストリアの劇作家シュニツラーのために、彼の大規模な選集を刊行して、第一次世界大戦敗戦後苦しい生活を送っている「老文豪の寂寥《せきりよう》」を慰めてはどうだろうか、そのためには、シュニツラーの最初の紹介者であった鷗外にも、ぜひ一肌脱いでもらいたい、というものであった。

戯曲『恋愛三昧《ざんまい》』は、鷗外の名訳のひとつといわれ、鷗外の死後も、築地小劇場その他でしばしば日本の舞台にかかった。鷗外はこのほか、一幕物として、『短剣を持ちたる女』『猛者《もさ》カシアン』『クリスマスの買物』それに小説『みれん』などを訳しており、この計画には外すことのできない人であった。計画では、新旧のシュニツラー訳者の訳業を集めたできるだけ広汎な作品集を編むことになっていたようだ。

ところが、意外なことに鷗外は「例の上品な少しは皮肉もまじった老人らしい饒舌《じようぜつ》さで」婉曲に参加を拒んだのである。楠山の回想によると、鷗外はこういう相談をあまり面白く思わなかったらしく、「シュニツレルなどという人は僕よりも若い人でね」と言い、また「世間がつまりは日傭《ひやとい》爲事《しごと》にすぎない翻訳以外に自分の爲事を認めぬ」と不平を洩らしたという。作家としての鷗外の仕事がそれほど無視されていたとは思えないが、その一年後に死を迎えることになる鷗外は、自分の余命が少ないことを無意識に予感し、翻訳などよりも創作活動に時間を捧げたかったのかもしれない。

いずれにせよ、鷗外の消極的態度によって、大規模な出版計画は頓挫《とんざ》し、鷗外の死（一九二二年七月）の二ケ月後に、一冊本のシュニツレル選集が新潮社から刊行された。

シュニツラーの厳しい晩年

当時は、日本には翻訳権などが適応されていなかったので外国作品の原作者に印税を払う習慣はなかったのだが、還暦のシュニツラーを慰めるために、初版二五〇〇部の印税をそっくりシュニツラーに寄付する予定であった。しかし、戦後の動乱期で住所がなかなかわからず、日本公使館の手で作家と接触ができたのは刊行直前の時期であり、八月にシュニツラー自身の返信が山本有三宛てに届いた。

初版の印税を換金すると、四万ドイツマルクになった。シュニツラーはその四万マルクを喜んで受けとり、今後翻訳される自作の翻訳権を譲ること、自分の還暦祝いや作品への関心についての謝辞を述べている。リボンのすり切れたタイプで打った、不鮮明な手紙である。

心温まる美談だが、山本有三が危惧《きぐ》していたように、この四万マルクは、高まりつつあるインフレを前にしては焼石に水だったらしい。一九二一年にはまだ一ドルが七五マルクだったが、二二年の終わりには一ドルはすでに四〇〇マルクで、翌二三年にはマルクは急落を続け、最後には一ドルが四兆二千万マルクというところまで落ちた。ここでレンテンマルクが導入されて、ようやく通貨が安定に向かうのであるが、シュニツラーの晩年がいかに厳しいものであったかを数字で知るよすがにはなろう。ちなみにオーストリアの通貨クローネでなく、ドイツマルクで送金したのは、送金当時はクローネのほうがマルクよりさらに下落が激しかったからだという。シュニツラーは、一九三一年に世を去ったが、ナチスがオーストリアを合併する一九三八年（七六歳）まで生きていたら、ユダヤ人である彼には、亡命か強制収容所という運命が待ちかまえていたことだろう。

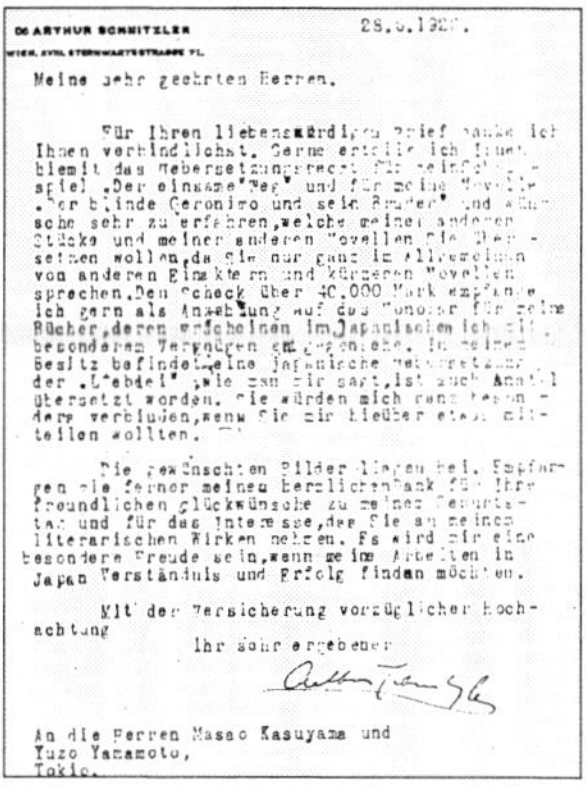
Dr ARTHUR SCHNITZLER 28.5.192[illegible].
WIEN, XVIII. STERNWARTESTRASSE 71.

Meine sehr geehrten Herren,

Für Ihren liebenswürdigen Brief danke ich Ihnen verbindlichst. Gerne erteile ich Ihnen hiemit das Uebersetzungsrecht für mein [illegible] spiel „Der einsame Weg" und für meine Novelle „Der blinde Geronimo und sein Bruder" und wünsche sehr zu erfahren, welche meiner anderen Stücke und meiner anderen Novellen Sie über- setzen wollen, da Sie nur ganz im Allgemeinen von anderen Einaktern und kürzeren Novellen sprechen. Den Scheck über 40.000 Mark empfange ich gern als Anzahlung auf das Honorar für meine Bücher, deren Erscheinen im Japanischen ich mit besonderem Vergnügen entgegensehe. In meinem Besitz befindet sich eine japanische Uebersetzung der „Liebelei", wie man mir sagt, ist auch Anatol übersetzt worden. Sie würden mich ganz beson- ders verbinden, wenn Sie mir hierüber etwas mit- teilen wollten.

Die gewünschten Bilder liegen bei. Empfan- gen Sie ferner meinen herzlichen Dank für Ihre freundlichen Glückwünsche zu meinem Geburts- tag und für das Interesse, das Sie an meinem literarischen Wirken nehmen. Es wird mir eine besondere Freude sein, wenn meine Arbeiten in Japan Verständnis und Erfolg finden möchten.

Mit der Versicherung vorzüglicher Hoch- achtung

Ihr sehr ergebener
[illegible]

An die Herren Masao Kasuyama und
Yuzo Yamamoto,
Tokio.

シュニツラーが山本有三に宛てた手紙

シュニツラーとユダヤ人問題

ところで、日本のシュニツラー紹介がおよそ片手落ちだったと思うのは、オーストリア（戦前のオーストリア－ハンガリー帝国も含めて）におけるユダヤ人問題に触れた彼の作品が、日本ではほとんど無視されてきたことである。なるほど、楠山正雄は、長篇小説『自由への道』を翻訳してはいるが、その点への着目は稀薄だった。ユダヤ人問題を扱った最も重要な作品で、現在でもよく上演される『ベルンハルディ教授』は、今に至るまで翻訳されてさえいない。

彼より年少だが、「若きウィーン」の作家として日本でも明治末期から紹介されたフーゴー゠フォン゠ホーフマンスタールの場合は、シュニッツラーと違って自分のユダヤ系の出自に触れることを頑なに拒否する姿勢があった。それは恐らく、ホーフマンスタールがユダヤ人問題を正面に押し出すシオニズムのやり方は逆にアンチセミティズム（反ユダヤ主義）を助長するものと考え、ユダヤ人が自然にドイツ文化圏に同化することを望んでいたからではないかと思われる。シュニッツラーも戦闘的なシオニズムには批判的だったが、一方では根強い反ユダヤ的差別感情を単純に無視できるとは思っていなかった。ウィーンはシオニズムの主唱者ヘルツル（シュニッツラーとは若い頃個人的にも親交があった）が活動を開始したところだが、一方では反ユダヤ主義的なルエーガーが市長になったこともあるほど差別感情が強い。ここのユダヤ系の人々の間には、三つの立場があったように思われる。熱烈なシオニストと、反ユダヤ差別感情を刺激せずユダヤ人の同化をめざす人々、その中間に、差別感を観察の主題として直視しようとする人がいたわけで、シュニッツラーは明らかにこの第三の立場に属している。このことを考えると、日本に流布していた先入見、シュニッツラーのテーマは「恋と死と芝居」に尽きる、シュニッツラーには社会性はない、などという考え方がいかにいい加減かがわかるだろう。これは日本の西欧文学受容一般についていえることで、社会性といえば左翼的立場だけを連想したり、社会批判的な作品は積極的には受け入れないという姿勢が顕著なのである。

数年前に『輪舞』が日本で上演された時も、演出家が「シュニツラーには社会性はないが」などと言っているのは大変不見識な話である。

恋と死の主題

『恋愛三昧』は典型的なシュニツラーの戯曲であり、日本でも非常に好まれた。たしかに恋と死が主題である。ヒロインのクリスティーネは、ウィーンの下町の、純情可憐なおぼこ娘《ジューセス・メーデル》といわれる、日本人好みのタイプである。話の筋は単純である。上流階級の青年フリッツは、当時の上流階級では日常茶飯事だった人妻との情事が行き詰り、友人テーオドアに階級の違う町娘と付き合って気晴らししてはどうかと勧められ、テーオドアの現在の相手ミッツィーの友達クリスティーネを紹介される。身分の違いが結婚の厚い壁になるという事情はおよそ前近代的だが、この頃のウィーンには階級差が厳然と存在していたので、ミッツィーはテーオドアとの付き合いは初めから遊びと割り切っている。大体ウィーンには、下町に対する特殊な呼び方、直訳すれば「線の外」という言い方がある。これはウィーンが城壁から外に広がってゆき、現在帯（ギュルテル）と呼ばれている線（リーニエ）よりさらに外の底辺の住民居住区のことである。オスマン軍を撃退した一七〇四年、ウィーン防衛のために市壁に沿って空堀が作られ、そこから数百メートルはグラシ（緑地帯）と呼ばれる無人地帯が広がる。グラシの外の境界がリーニエで、その外側の市外区に下層の人々の居住区ができていったのである。下町娘は、ウィーンでは「線の外の娘」となるのだが、これをシュニツラーの翻訳者森鷗外も、ずっと下って大正期の泰豊吉も誤訳していることを指摘したのは、経済学者の安井琢磨氏であった（井上精一氏は線の外の娘を「新開地の娘」と訳しておられる）。

フリッツは、貴族ではないが、前世紀にウィーンに出現した新興ブルジョアの子弟と見てよいだろう。劇場付楽師を父にもつクリスティーネと彼の結婚は、外国にでも逃げぬ限り不可能だろう。一七八三年に書かれたシラーの市民悲劇『たくらみと恋』の場合だと、貴族の青年将校フェルディナントと、町のチェロ音楽師の娘ルイーゼの恋愛の成立は初めから不可能であり、その社会の掟《おきて》を破ってこの恋愛を実現させようとすれば悲劇となる。この劇なら、誰でも社会性の強い作品と思う。シュニツラーの場合、フリッツはクリスティーネとの関係を少なくとも初めは気晴らしと思っていた。しかし彼女の素直さ、純情さに接するうちに、この町娘の家庭の雰囲気に、自分の本当の幸福があるような気がしてくる。だが『恋愛三昧』の筋は、その彼が社会の掟に反して身分違いの結婚を強行しようとすることから発展するのではなく、全く別の方向から起こってくるのだ。皮肉にもフリッツが可憐な町娘との生活を真剣に考え始めた時に、以前の相手の人妻の夫に姦通を知られ、決闘を申し込まれる。彼はクリスティーネには一言も打ち明けずに決闘に出かけて殺される。その死を、後になって友人テーオドアから伝えられたクリスティーネは、決闘が自分ではない女のためであったことを知ると、絶望して叫ぶ。「あたしという女はあの方にとって何だったのでしょう」と。せめて死に顔を見たいという彼女の願いも斥けられる。彼の死から二日も経ち、埋葬はもう済んでしまったのだ。

すぐにも墓に行こうとする彼女は、世間体を気遣うテーオドアたちに引きとめられると、空を見つめ、「私はお祈りなんか行かないわ」と言って家を飛び出してゆく。

捨てられた町娘が運河に身を投げる、というのはお定まりのコースであり、一九二〇年代のインフレ時代を扱ったウィーンの劇作家ホルヴァートの『信仰愛希望』のヒロインさえ、いまだに運河に身を投げるのである。

クリスティーネが運河に身を投げられなかったら、もうひとつの道、娼婦への転落という方向も用意されている、という可能性を暗示した最近の研究者（ラインハルト＝ウアバハ）もいるが、それは穿《うが》ちすぎであって、心情を踏みにじられた純情な娘の悲劇と素直に見たほうがよさそうである。

『恋愛三昧』はかつて日本の観客の紅涙をしぼった、といっても過言ではなさそうだし、演劇の実験室と呼ばれた築地小劇場でも人気番組であった。

ただ不思議に思われるのは、ヨーロッパの「先進国」の作品と考えられたこの劇の事件の局面転換に大きな役割を占めている「決闘」という習慣の前近代性に気づいた人がほとんどいなかった、という事実である。

決闘、この前近代的なもの

第二次世界大戦が終わるまで、前近代的な因習を山のように備えていた（たとえば戦争で捕虜になることは絶対に許されない、というようなコード）日本は、決闘というコードに関してだけは、少なくともヨーロッパよりも早く偏見から解放されていた。明治維新後、仇討ちが禁止されるとともに、名誉を守るための決闘という愚かしい風習も、日本では法律的に禁止され、それは厳守された。

ところがヨーロッパ、とくにドイツ語圏では、法律上の決闘禁止条項は、少なくとも第一次世界大戦が終了するまでは有名無実であり、名誉をめぐっての決闘の勝者、場合によっては殺人者は法律的に保護されていた。ドイツの場合は、大学の学生組合の習慣にのっとって行われる刃剣による決闘はメンズーアといわれ、ピストルによる決闘（ドゥエル）ほど生命の危険はなかったし、古き良き時代に大学生活を送った人々は、決闘で顔につけられた刃傷を、勇気の象徴として生涯誇りとしていた。しかしメンズーアにも死者が出ることは、シュニツラーと同年代のドイツの自然主義作家アルノー＝ホルツの小説『死』を見ても明らかであり、この場合には殺害者が国外に逃亡している。

ウィーンの上流社会では、妻の姦通を知った夫は、彼が名誉ある階級に属する人間である限り、妻の情人とピストルで決闘を行わなければ、卑怯者として同じ階級の紳士たちからは軽蔑の目で見られることになる。名誉を守るための殺人は、法律的に保護されたばかりか、むしろ決闘を当然とする強制力となって働いていたのである。

一九三二年に出版されたウィーンの作家ヨーゼフ＝ロートの『ラデツキー行進曲』にも今世紀初頭の決闘が出てくる。ここでは、ユダヤ人の軍医が酔った騎兵大尉に「ユダ公」と八回罵られて決闘する。結果的にはふたりとも即死するのだが、彼の妻の父である帽子工場主が友人の少尉に次のように言う。

「名誉の掟っていう奴はあなたには失礼ですが、時代遅れじゃありませんか！　我々はもう二〇世紀に生きているんですよ！　蓄音機もあり、電話で百マイル遠方と話ができ、ブレリオ初め何人もの人が空を飛んでいる！　あなたは新聞を読んで政治に関心がおありか知らないが、憲法を抜本的に改正する話が出ている。（中略）わが皇帝だって、皆知っているように、古いお考えの持ち主とはいえない。そりゃ保守的なグループといわれる連中だって、悪くないところもある。このへんでじっくり考えてもらいたいものですな、慌てることはないが」。

決闘の差別的側面

一九九一年に出版された女性社会学者ウーテ＝フレーフェルトの『名誉ある紳士たち』という著作は、ドイツ語圏において、一九一八年まで存在したことの前近代的な決闘という因習についての社会学的な考察である。彼女の研究は、もともとはドイツ、特にプロイセンの将校団に顕著だった名誉のコードが、一九世紀に新たな上流階級に数えられるようになった新興ブルジョア階級に及んで来たことを明らかにしている。この階級の子弟は、一八六〇年頃から行われるようになった予備士官制度によって、士官と同じコードを要求されることになったのである（この制度は戦前の日本にも「一年志願」という名で導入された。高等教育を受けた青年は、一年の兵役で予備役将校になれるのである）。

決闘にはさらに差別的側面がある。ユダヤ系の人間を、決闘によって名誉を守るような「高潔な行動」から排除する動きが出て来たのである。それは、ユダヤ出自の上流階級の人間が、自ら「誇り高き人間」であることを示すために、決闘を積極的に行う場合が多かったことを推測させる。ユダヤ人を名誉の決闘から閉め出すヴァイトホーフェン決議は、ユダヤ人が名誉のために決闘の腕をみがき、侮辱した相手を倒すことが多くなったためにとられた処置だという説もある（戯曲『ベルンハルディ教授』に登場する、半ユダヤ人の医師アードラー博士はこうしたタイプである）。

士官学校の軍服姿のシュニツラー

シュニツラーの作品には、一年志願の予備将校という青年もたびたび登場するし、決闘が扱われる作品もかなりの数にのぼる。しかしシュニツラー自身は、つねに決闘を批判的に扱っている。当時の社会環境のなかで、自ら予備役将校の肩書きももっていたシュニツラーが、決闘について批判的な作品を書くことは、どれだけ勇気のいることであったろうか。シュニツラーは、後に述べる傑作『グストゥル少尉』で、帝国陸軍の士官を侮辱したかどにより、予備将校の資格を剥奪されているが、ここでも名誉と決闘が大きな役割を演じている。こう考えると、シュニツラーを社会性のない作家と決めつけることがいかにノンセンスかがわかるであろう。

オーストラリアーハンガリー帝国の終焉　しかしこれほど旧帝国の社会に批判的であったシュニツラーが、第一次世界大戦後のハプスブルク家オーストリア帝国の崩壊と終焉を身を以て体現したように見えるのはなぜであろうか。シュニツラーは大戦後なお一三年の天寿に恵まれた。しかしよく指摘されるように、彼は第一次世界大戦以後の社会を、作品のなかでは一切扱っていない。彼よりずっと年少だが、彼より数年前に世を去ったホーフマンスタールが、傑作といわれる喜劇『むずかしい男』では戦後のウィーンの旧貴族社会を扱い、また保守革命論によって戦後の社会に対する積極的な姿勢を示しているのとはおよそ対照的である。

こうした視点を踏まえながら、これから作家シュニツラーの生涯と作品を見ていくことにしよう。

目次

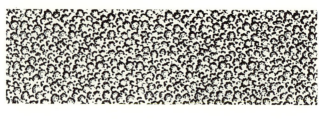

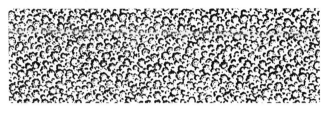

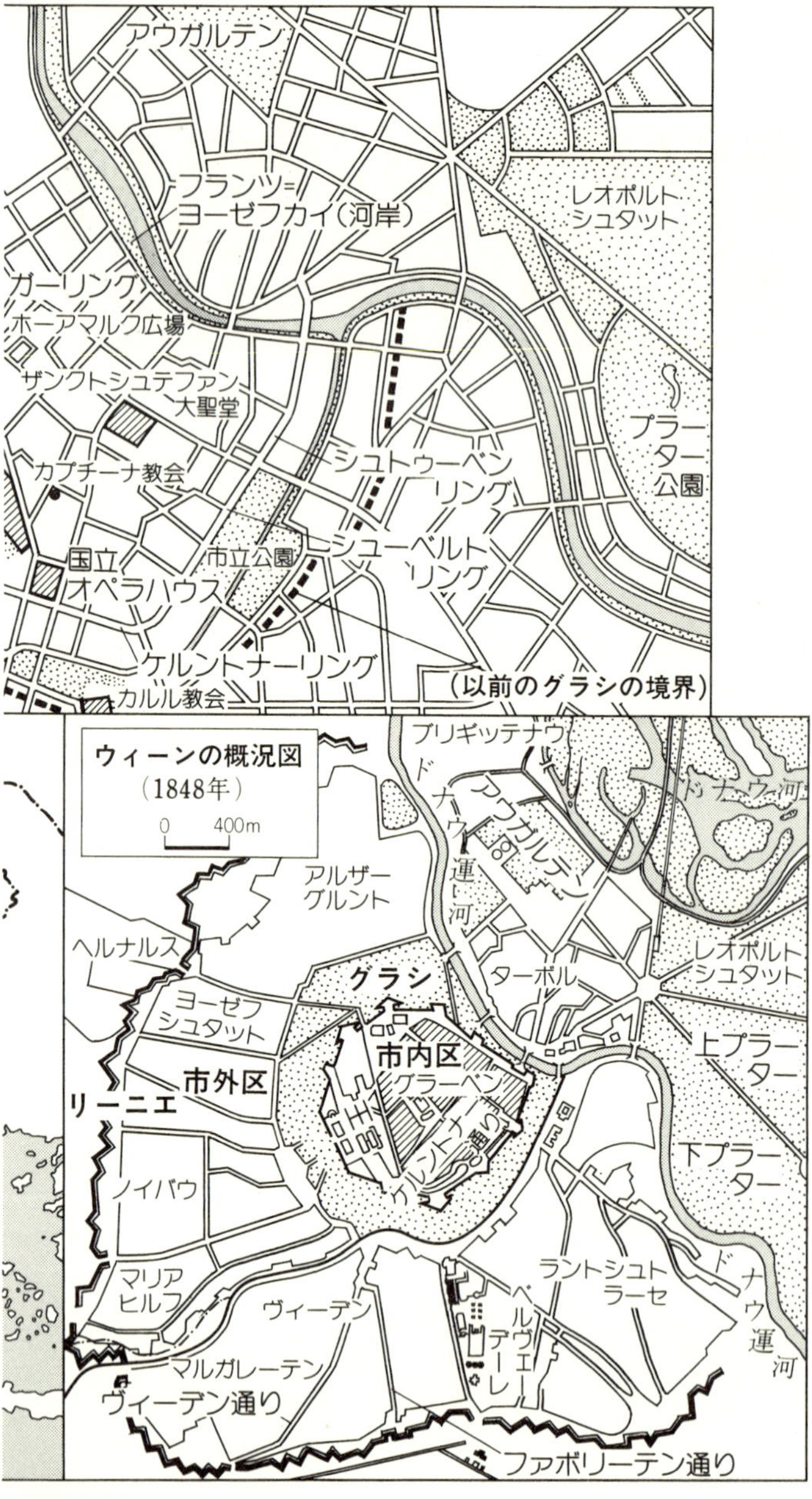

アウガルテン
フランツ＝ヨーゼフカイ（河岸）
レオポルトシュタット
ガーリング
ホーアマルク広場
ザンクトシュテファン大聖堂
プラーター公園
シュトゥーベンリング
カプチーナ教会
シューベルトリング
国立オペラハウス
市立公園
ケルントナーリング
（以前のグラシの境界）
カルル教会
ウィーンの概況図
（1848年）
0
400m
ブリギッテナウ
ドナウ運河
アウガルテン
ドナウ河
アルザーグルント
ヘルナルス
レオポルトシュタット
グラシ
ターボル
ヨーゼフシュタット
市内区
上プラーター
市外区
グラーベン
リーニエ
ケルントナー通り
下プラーター
ノイバウ
ラントシュトラーセ
ドナウ運河
マリアヒルフ
ヴィーデン
ベルヴェデーレ
マルガレーテン
ヴィーデン通り
ファボリーテン通り

関連地図

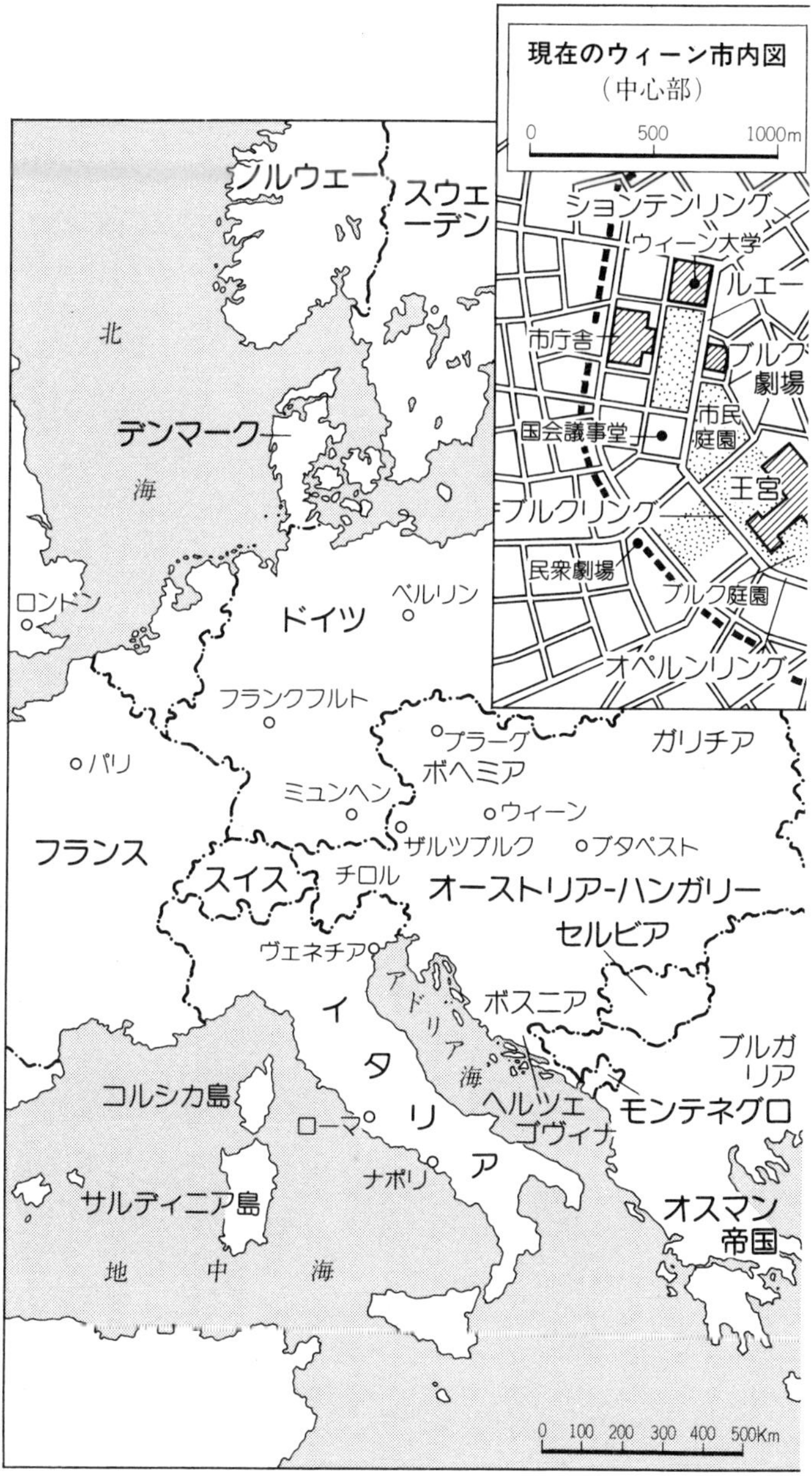
現在のウィーン市内図
（中心部）
0
500
1000m
ショッテンリング
ウィーン大学
ルエーガー
市庁舎
ブルク劇場
市民庭園
国会議事堂
王宮
ブルクリング
民衆劇場
ブルク庭園
オペルンリング
ノルウェー
スウェーデン
北
海
デンマーク
ロンドン
ドイツ
ベルリン
フランクフルト
プラーグ
ガリチア
パリ
ボヘミア
ミュンヘン
ウィーン
フランス
ザルツブルク
ブダペスト
スイス
チロル
オーストリア-ハンガリー
セルビア
ヴェネチア
アドリア海
ボスニア
イタリア
ブルガリア
コルシカ島
ヘルツェゴヴィナ
モンテネグロ
ローマ
ナポリ
オスマン帝国
サルディニア島
地中海
0
100
200
300
400
500Km

I　愛と死の主題

シュニツラーとその時代

時代

シュニツラーは一八六二年五月一五日に、ユダヤ系の大学教授で咽喉科の泰斗《たいと》であるヨーハン＝シュニツラー（一八三五〜九三）の息子として、ウィーンのイェーガー通り（現在のプラーター通り）に生まれた。父親も、彼自身も勤務していた総合病院については、彼の戯曲『ベルンハルディ教授』のところで触れよう。文学世代としては、ベルリンに自然主義文学の代表者としてははなばなしく登場したゲルハルト＝ハウプトマンと同年の生まれである。ついでに言うならば、ハウプトマンに自然主義作家というレッテルを貼ることが不当であるように（ハウプトマンは新ロマン主義作家、晩年は古典的作家と呼ぶこともできる）、シュニツラーを単なる印象主義、象徴主義の作家と呼ぶのは大きな誤解である。これまでほとんどの研究書で無視されてきたが、本書では私は意図的に、シュニツラーが自然主義作家の側面を強くもち、社会派作家とさえ呼べることを強調しておきたい。（彼の名は正しくはアルトゥアでアルトゥールとのばすのは誤りである。）

シュニツラーの父親の世代は、若くして一八四八年の三月革命とメッテルニッヒの失脚という政治的な体験を受けた。もちろんこの革命後、反動体制が復活して、ドイツは第二帝政時代、オーストリアはオーストリア－ハンガリー二重帝国の時代に入っていくわけだが、今世紀の六八年世代のように、前世紀の四八年世代の残したリベラルで民主的な風潮は、世紀末まで影響を与えていたことがわかる。プロイセンで危険視された社会民主党ほどでないにせよ、ブルジョア内部のリベラル左派のルーツがここにあることを見落としてはならない。シュニツラーの父も彼自身も、保守派に対立するブルジョア左派に好意を抱いていた。

歴史的にもあまり例のない多民族国家、オーストリア-ハンガリー二重帝国（KuK）の成立は、一八六七年、シュニツラーが五歳の時である。二重帝国の社会の複雑さについては、ユダヤ人問題と同様にシュニツラーの理解にとって大事なことである。

オーストリア-ハンガリー帝国とともに　シュニツラーの生まれる直前、一八五九年のイタリア統一戦争では、オーストリアがサルディニア-フランスの連合軍に大敗したソルフェリーノの戦いが行われている。この戦いで皇帝フランツ＝ヨーゼフの命を救った勇士というのが、ロートの小説『ラデツキー行進曲』の主人公の祖父である。このフランツ＝ヨーゼフ一世は、第一次大戦半ばに逝去するまで、つまりシュニツラーが五四歳の時まで六八年も帝位に就いていたのだ！　だからオーストリア-ハンガリー二重帝国は即フランツ＝ヨーゼフだといっても過言ではあるまい。

一八六六年のプロイセン-オーストリア戦争では、オーストリアは一敗地にまみれ、大ドイツ主義は色褪《あ》せ、オーストリアの国際的地位は後退した。プロイセンはさらに普仏戦争の大勝利によって、七一年にオーストリアぬきのドイツ統一を達成したが、その後第二帝政下のドイツはオーストリアとの関係を修復した。こうしてヨーロッパは、たえず危機を孕みながらも、第一次世界大戦勃発まで一応平和な時代を迎えることになる。第一次世界大戦勃発時五二歳だったシュニツラーのそれまでの作品は、半世紀近く戦争のなかった時代のウィーンを背景にしているものが多い。この時代は、既存の体制から見れば、自分たちの階級を脅《おびや》かす第四階級という存在が、じわじわと恐怖を準備していた時代（表面的な平和、内部の緊張）ともいえる。

崩壊していく時代の追求

シュニツラーが第一次大戦勃発以後、（正確にいえば一九一四年八月一日以後）の世界を作品に一切扱わなかったことを指摘した劇評家イェーリングは、次のような追悼文を書いている。

「アルトゥア＝シュニツラーが初めての小説集で読者の前に登場した時、彼は精妙な、エスプリの効いた手法で彼の生きている時代の核心を突いてみせた。彼は戦前のウィーンの上流社会、懐疑や賢明さや無目的性などに満ちたあの社会を、巨匠的な筆致で描写した。そしてその社会を描写することによって解体させた。描写の手法と描写の対象がこれほど見合っている現象は稀有《けう》のことである。シュニツラーの作品の、模倣が不可能な、二度とあらわれることのない魅力とはまさにこれなのである」。

第一次大戦の終了とシュニツラーの没年との間には一三年という年月がある。この時期は、たとえばパープストの映画「喜びなき街」に見られるような、インフレーションの荒れ狂うウィーン、あるいは左翼のデモやゼネストさえ行われたウィーンでもある。この一三年間にも『令嬢エルゼ』『夢小説』『闇への逃走』などいくつかの代表作が書かれている。しかしなぜ戦後のオーストリアやその諸問題を作品で扱わないのかという問いに対しては、シュニツラーは「我々の世代の者には、もうそういう対象には全く見通しをつけることができず、作品に扱うことなどできない相談だ」と答えたといわれる。

「世紀末と世紀初頭、つまりシュニツラーの主作品の背景となるこの時代は、完結し、それなりに見通しのきくものではあったが、対象としては、一生をかけても究め尽くせぬ複雑な時代でもあった。崩壊する時代を描くことでその崩壊に立ち合った彼は、その時代が埋葬された後も未清算の問題が山積していると考え、その追求に生涯を捧げたのである」。手法は違うが、一九二〇年以後のウィーンを描写し得た作家ハイミート＝フォン＝ドーデラーは、シュニツラーがなぜ一九一四年以後のウィーンを描けなかったかをこう説明している。

シュニツラーが死後、急速に忘れられる作家の列に加わるかに見えたのは、その作品がきわめて私的な世界ばかりを描いているように見えたからである。「到来する新時代にまでシュニツラーの名声を救いあげようとしても、それは恋の骨折損に終わるであろう」という追悼文は、ナチスの機関紙「民族の観察者」に載ったのだが、左翼系の評価もそれと共通した部分がある。シュニツラーは第一次世界大戦前の社会を描写する場合に、個人の葛藤を出発点としたが、個人の葛藤そのものが、これからの変革される世界から見て興味の対象ではあり得ない、という主旨は左翼系の論調をも代表していると見てよいだろう。シュニッツラーを忘れられる作家に数えることはできないことが、最近になって明らかになってきていると言い切れるかどうか。それをこれからおいおい語っていくことにしよう。

ウィーンでの青春期

シュニッツラーが少年期から青年期を送った時期のウィーンは、表面的には活気に満ちていた。市の中心部の環状道路（リングシュトラーセ）は大改修中であった。模様変えという慌ただしい雰囲気を背景に繰り広げられる華やかなオペレッタの世界は、実は上流市民の生活の背後に潜む不安を麻痺《まひ》させるための陶酔の手段でもあった。

シュニッツラーの父は、往診の傍らにも息子アルトゥアをブルク劇場に連れていったから、名女優ヴォルタース、名優ゾンネンタールなどに代表される黄金時代の香気に親しむことのできたアルトゥアは、すでに九歳にして戯曲を試作したという。

しかし、父の意志通り、順調に医師としてのコースを進み、アカデミー高校を修了すると一八七九年にウィーン大学医学部に進み、八五年に二三歳で学位を取得している。総合病院の内科、皮膚科、性病科、精神科などで、現代風にいえばインターンの実習を経験した。この期間中にすでに創作活動を始め、定期的に散文や詩を発表している。精神科では、精神療法の実際を学んでいるが、フロイトの深層心理学との出会いも、彼の文学活動に大きな影響を与えている。一八八八年には、

改修前のウィーンの街並み（第一次世界大戦前）

ロンドン、パリ、コペンハーゲンに研修旅行を行っているが、この頃から、彼にゆるぎない名声をもたらすことになる戯曲『アナトール』の執筆にとりかかっている。同じ年に、彼は父の助手として総合病院《アルゲマイネ・ポリクリニック》の咽喉科に勤務し、また父と共著で『咽喉診察図鑑』を刊行している。

シュニツラーは、ウィーン市の中心リング通りに漂う頽廃的、享楽的な風潮の洗礼も受けたが、その網にからめとられることがなかったのは、作品にも示されている醒めた観察の能力のためであろう。

自然主義文学運動との接触

創作活動によって、彼はウィーンの文学的な世界とも接触をもつようになった。一八八〇年代に始まる自然主義は、ヨーロッパの最先端の文学運動であった。エミール＝ゾラの自然主義文学のマニフェストとも思われる『実験小説論』が、クロード＝ベルナールの『実験医学序説』に範をとっていることは周知の事実だが、自然科学の文学への応用として、遺伝と環境というファクターが重視されたことは容易に想像がつく。近代劇の始祖といわれるイプセンも、こういうファクターをしばしば用いたが、演劇界におけるイプセンの新しさは、劇場を社会的な問題提起の場としたことである。イプセンの『幽霊』は、パリのアントワーヌの自由劇場（一八八七年）、ベルリンのオットー＝ブラームの自由劇場（一八八九年）、ロンドンの独立劇場（一八九一年）で初演され、自然主義演劇の発生に大きな影響を与えた。

シュニツラーが『アナトール』の執筆に専念していた時期に、彼と同年のシュレージェン出身のドイツの劇作家ゲルハルト＝ハウプトマンが、社会劇『日の出前』によって華々しくデビューした。劇評家フォンターネが、ハウプトマンよりさらに徹底して自然主義的だと評価した劇『ゼーリッケ一家』の作家アルノー＝ホルツもシュニツラーと同年である。

ウィーンに自然主義をもたらしたのは、文芸評論家兼劇作家ヘルマン＝バールだが、以後彼は、印象主義、表現主義と絶えず新しい傾向に立場を変えていった。しかしこれをカメレオン的な変節と見るのは後代の偏見であって、当時「世紀末」や「モデルン」などの名で総称されていた文学や芸術の運動が、実は万華鏡のようにさまざまな方向を包みこんでいたことを示すのである。

ウィーンにおいては、自然主義は根づかず、印象主義的、象徴主義的な文学が生まれた、という文学史の定説は外れているわけではないが、注意して観察してみると、自然主義的な傾向はシュニツラーにさえ明瞭に残っている。『アナトール』の直後に書かれた『メルヘン』という戯曲は、題名から連想されるのとは全く逆のおよそ非メルヘン的な、自然主義的問題劇であり、ハウプトマンの『日の出前』との類似点も指摘できる。自然主義作家と思われていたハウプトマンが、ロマンティックなメルヘン劇『沈鐘』を発表して世人を驚かせ（メーリングのような進歩的批評家を失望させ）るのは処女作の六年後だが、シュニツラーの場合には、出世作『アナトール』の翌年に、それとは対極的な自然主義劇を発表しているのだ。シュニツラーの場合、作品の質が悪いわけではないのに、このタイプの自然主義劇が無視されているのは、思えば不思議なことである。

「若きウィーン」運動

ヘルマン＝バールは、シュニツラーより一歳若いが、ベルリンで自由劇場運動にかかわり、一時は自然主義の熱烈な信奉者であった。「自然主義の克服」を唱え、ウィーンに帰ると「若きウィーン」と呼ばれる運動の中心的な存在となった。シュタインドルというコーヒー店を本拠とするようになった文人の中で、最も重要な存在は、シュニツラーより一二歳年少だが、文壇へのスタートの時機はほとんど同時といえる早熟の天才フーゴー＝フォン＝ホーフマンスタールであり、一八九〇年から彼の死（一九二九年）に及ぶ交遊と文通が始まっている。ベーアー＝ホフマン（ヘルマン＝バールと同じく九一年から交遊が始まる）、ペーター＝アルテンベルク、マックス＝ブルクハルトなどがこのコーヒー店の常連であったが、運動体の同人というほどメンバーを固定することはできない。日本では『仔鹿のバンビ』の作者として知られるフェーリックス＝ザルテンも常連のひとりだった。余談だが、ザルテンが一方で古典的ポルノ文学の名作を残していることを、これらの詩人たちの多面性の一例としてあげておこう。レオポルト＝フォン＝アドリアン、カール＝クラウス、下ってはフランツ＝ヴェルフェルなどの名もあげてもよかろう。音楽ではマーラー、無調音楽のシェーンベルク、ベルクが、また美術ではユーゲント様式の代表者クリムトが、建築ではアルフレート＝ロースがやがて活動を開始する。

フロイトとマッハ

世紀末のウィーンの文学にフロイトの及ぼした影響は非常に大きいが、特に影響を受けたのは、フロイト自身が自分の分身ではないかとさえ感じたシュニツラーである。フロイトの影響に関しては、むしろ個々の作品において語ることにしよう。

フロイトとともに世紀末のウィーンの文学に大きな影響を与えたのは、エルンスト＝マッハ（一八三八～一九一六）の思想である。ニーチェの「神は死んだ」という言葉と同じように、マッハの真実の認識の主体である「自我」への懐疑も大きな影響を与えた。彼の主著「感覚の分析と肉体と精神の関係」（一八八五年）によれば、精神と自然の現象は基本的に全く相違は存在しない。存在するものすべては、感覚にとらえられて相対化される。ということはまた、感覚以外によって確実に知覚されるものはないのだから、感覚が「根元的な」最終の判断基準なのである。従って客観的な真理という概念は存在せず、ヨーロッパ近代の哲学の中心点であった「自我」はその地位を失った。日常語で「私（自我）」といわれるものは個々の瞬間にしか存在せず、ひとりの人間と偶然交わるが次の瞬間には別の形をとるもろもろの知覚の総体にすぎない。

客観的な観察や分析を重視し、因果律によって「真理」に近づこうとした自然主義とは根本的に異なった発想であり、この不確定性、曖昧さというのがウィーンの世紀末ひいてはムージルにいたるまでの文学の特色となっていることは注目しなければならない。戯曲『アナトール』の主人公が恋人に催眠術をかけて「真実」を聞き出そうとしながらそれを中止してしまうのも、真実を恐れる臆病さよりも、真実への問いの無意味さを知っているためかもしれないのである。

作家としての出発

『アナトール』はシュニツラーの創作活動の原点といってもよい。この年一八九三年には、多くの文学者たちとの親密な交遊関係が広がり始めた。この時期シュニツラーは父の死を契機として総合病院の勤務を辞して自宅で開業し、創作にかなりの時間を割けるようになったのである。

青年時代のシュニツラー
（1882年）

厳密にいえば、『アナトール』はシュニツラーの処女作ではない。患者でもあったオルガ＝ワイスニックス（一八九七年没）をモデルにした一幕物『彼の人生の冒険《アヴァンチュール》』を自費出版したのは一八八八年で、八九年には『友人Y《ユプシロン》』など何篇かの短篇小説が雑誌に発表されているし、現在の全集では戯曲第一作として所収されているのは、短い韻文劇『アルカンディの歌』である。中近東を舞台にした史劇で、とくに劇中劇として夢の場面が扱われているのは、グリルパルツァーの『人生は夢』を思わせるが、この夢は夢を見る人間の潜在的な嫉妬をあからさまにするものである。習作的な小品の域を出ないが、夢における潜在的な嫉妬の顕現には、グリルパルツァーの世界にはない近代的側面が示されている。

『アルカンディの歌』は一八九〇年に発表されているから、製作にかかったのは『アナトール』のほうが早いはずである。恋の戯れだけのために人生を送っているような高等遊民アナトールのいくつかの情事を扱った一幕物集で、テーマからいえばおよそ社会性は稀薄に思えるが、繊細な会話を解剖してみると、当時のウィーンの社会をこれほど的確にとらえている作品はないように思われてくる。『アナトール』の一景のさりげない会話から、徐々に世紀末のウィーンの世界に足を踏み入れてみよう。

出世作『アナトール』

まず『アナトール』の第二景『クリスマスの買物』の会話を堪能していただこう。

第　二　景
「クリスマスの買物」

小雪のちらつくウィーンの街角、まもなくクリスマス－イヴが始まろうとする夕方である。青年アナトールは、街角で久しく会わなかった上流階級の婦人ガブリエレの姿を認め、声をかける。

アナトール　奥さん、奥さん。
ガブリエレ　え…あら、あなたでしたの。
アナトール　ええ、お見かけしたので追っかけてきたんですよ。そりゃないですよ、あなたのようなお方が山のような荷物をかかえたりして……さあお持ちしましょう。
ガブリエレ　いいえ結構ですよ、このくらいならひとりで持って参れますわ。
アナトール　まあそうおっしゃらず、せっかくいいとこをお見せしようとしているんですから面倒なことはおっしゃらずに。
ガブリエレ　そうね、じゃあこれひとつだけ。

アナトール　これじゃ何にもなりません、こっちのも、これも。

ガブリエレ　もうたくさんよ、大そうご親切だこと。

アナトール　そのご親切が果たせるものなら嬉しいんですがね。

ガブリエレ　あなたがご親切なのは、こういう往来で、それも雪の降る時に限るんですのね。

アナトール　おまけに夕方遅く、よりによってクリスマスの晩にとおっしゃりたいんでしょ。

ガブリエレは人妻だが、姦通するだけの勇気はなく、自宅のサロンに出入りしていたアナトールにほのかな好意は抱いていたし、それをある程度は表にも出したが、それ以上は進まなかった。アナトールも強引に関係を迫るようなことはしなかったが、関心は非常にあったのだ。最初の対話のなかで、ふたりの関係が進まなかったことを、暗に相手のせいだと責任をなすりつけあっている様子が、「いいところを見せる」とか「ご親切」という言葉をめぐって微妙に伝わってくる。アナトールから言わせれば、ガブリエレは彼につけ入る隙を与えなかったということになろうし、ガブリエレは、アナトールの関心など、所詮はちょっかいを出しても後腐れがない場合に限られるのでしょ、と恨み言を言っているのだ。人妻がクリスマスの夕方、家庭（子ども）へのプレゼントの包みをかかえて歩いていれば、彼女がやがて帰宅しなければならないことは一目瞭然なのである。恋の口説とは違って、アブない話題を口先だけで楽しむ会話（ドイツ語でフラーテン）の典型である。会話はさらに続く。

ガブリエレ　あなたにお会いするなんてほんとにお珍しいことですものね。

アナトール　それはどうも、つまりこのところ僕がお宅（のサロン、パーティ）にちっとも顔を出さないとおっしゃりたいんでしょう。

ガブリエレ　まあそんなところかしら。

アナトール　実は奥さん、このところ僕はどちらの方面にもご無沙汰のしっぱなしなんですよ。ご主人はいかがでいらっしゃいますか。それにお子さまたちは？

ガブリエレ　およしなさいまし、そんな心にもないことをおっしゃるのは。そんなことにはまるで関心がおありでないくせに。

アナトール　恐れ入りました。そう何もかもお見通しじゃ。

ガブリエレ　あなたのことだからよくわかるんですわ。

アナトール　でも肝心なことはちっとも見通して下さらない。

ガブリエレ　そういうことはおっしゃっちゃだめなの。

アナトール　そうはいきませんよ。

ガブリエレ　じゃ荷物を返してちょうだい。

アナトール　お怒りにならないで下さい。――お怒りに！――おとなしくしますから。

（ふたりは黙って並んで歩いてゆく）

上演された『クリスマスの買物』の一場面

会話の醍醐味

アナトールがどちらの方面にも、と言っているのは、上流階級の家庭で催されるパーティ、サロンのようなものを指している。ガブリエレの家だけでなく、どこのサロンにもご無沙汰している、ということは、目下の彼の相手が、下層階級の下町娘であるらしいことを匂わせている。あなたのことだからという女のセリフはアナトールへの関心を示すが、アナトールが図に乗って、実は彼女を想っていたのに見抜いてくれなかった、と恨み言を言うと、女は急に厳しくなって荷物を返せと言う。これ以上愛の告白めいたことをしたら、一緒に歩いてあげません、と言うのである。荷物はこの小道具として実にうまく用いられている。

ガブリエレは自分でアナトールを黙らせておきながら、沈黙の行進に耐え難くなって自分から先に口を切る。

ガブリエレ　何かお話しになって。

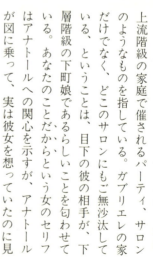

アナトール　何を話しましょう。奥さんの検閲は厳しいですからね。
ガブリエレ　何かお話しになってってってば。ずい分お目にかかっていないんですもの。近頃は何をなさっておいでなの？
アナトール　何もしておりませんよ、例によって！
ガブリエレ　あら、何も？
アナトール　ええ何も！
ガブリエレ　それはもったいないわね。
アナトール　でも奥さんには僕のことなどどうでもいいんでしょ。
ガブリエレ　どうしてそんなことがおっしゃれるの？
アナトール　僕が人生をこうして無駄に過ごしているのはどなたの、せ、い、い、いでしょう。
ガブリエレ　荷物をお返しになって！
アナトール　勿論誰のせいとも言ってませんよ、あさっての方に向かって言っただけで……。

ガブリエレがちょっと気をひき、アナトールがそれに食いついてくるとすぐ身を引く、という図式の繰り返しだ。

ガブリエレ　あなた、年中ぶらぶら散歩ばかりしていらっしゃるようね。

アナトール　散歩？　どうも散歩を馬鹿にして軽蔑するようなおっしゃり方ですね。もっとましなことがあるみたいだ！　散歩って言葉には、すごく無計画無目的って感じがあります。しかし今日の僕はそうじゃないんですよ。今日は僕は結構用事があるんです。あなたと同じような用事が。

ガブリエレ　あらまあ。

アナトール　僕もクリスマスの買物をするところでしてね。

あなたと同じような用事とは、クリスマスの買物のことである。独身のアナトールがそう言うことは、目下クリスマスプレゼントを買ってやらなければならない相手がいることを推測させる。驚いたガブリエレは、「あなたが！（クリスマスの買物などしそうにない方なのに）」と言う。

アナトール　ところが何を買っていいのか見当もつきません。何週間も前から毎晩大通りのそこら中のショウウィンドウを覗いてみてるんですがね――売るほうに趣味もないし、新しい趣向を考える気もないようです。

ガブリエレ　それは買い手のほうで考えなくちゃいけないことよ！　あなたみたいにお暇な方は、ご自分で考えていい物を見つけ出さなければ――それで思いついたプレゼントを秋にはご注文になっておけば――

アナトール　僕はそれには向いてない人間でしてね、大体クリスマスになったら誰に何を贈るか、秋頃からわかっているわけがないじゃありませんか。——それがいつのまにかイヴの始まる二時間前になってる——なのに僕は何をプレゼントするか皆目見当がついていないんですよ、皆目！

ガブリエレ　お手伝いしましょうか。

アナトール　奥さん……あなたは天使のような方だ——こう言っても荷物を取りあげないで下さいよ。

ガブリエレ　ええ、ええ……

アナトール　じゃ天使とは言っていいんですね、——しめた——エンジェル！——

ガブリエレ　お願い、黙って下さい！

アナトール　もう神妙になりましたよ。

ガブリエレ　それじゃあ、なにかヒントを下さいな、プレゼントのお相手はどんな方？

アナトール　……そりゃあ……言いにくいなあ。

ガブリエレ　もちろんご婦人《ダーメ》でしょ!?

アナトール　ええまあ——あなたが察しのよい方だってことはさっきも申しあげました。

ガブリエレ　でもどんな……ご婦人《ダーメ》？　ほんとの貴婦人《ダーメ》？

「貴婦人」と「下町娘」

荷物を小道具にしたやりとりはまた笑わせるが、ここでダーメ（ご婦人）という言葉が、レディと同じように女性一般をあらわす場合と、小概念の「貴婦人」（上流階級の婦人）という意味とに使い分けられている。上流社会は直訳すれば大世界で、小世界（下町）が下層社会をあらわす。

アナトール　それにはまず貴婦人《ダーメ》の定義を決めないと。上流社会のご婦人というおつもりでしたら――（今の私の相手の女性は）それには全く当たりません。

ガブリエレ　では……下町の方？

アナトール　はい――下町と言っときましょう。

ガブリエレ　考えてみれば当然そうね……！

アナトール　からかわないで下さい。

ガブリエレ　私、貴方の趣味を存じあげておりますもの……たぶん下町あたりの方――やせっぽちのブロンドの！

アナトール　ブロンドのほうは――おっしゃる通りです。

ガブリエレ　そうですとも……ブロンドよ……不思議ね、あなたのお相手はいつもそういう下町の娘さん――いつでもよ！

アナトール　奥さん――そりゃ僕のせいじゃありませんよ。

ガブリエレ　その話はおよしになって、あなた――そうね、あなたがいつもお好きなタイプにしか手を出さないのはいいことよ、……必ず成功するホームグラウンドをお離れになるのはそれこそ得策ではないでしょう。
アナトール　ほかにどうしようもないのです……僕は下町でしか愛してもらえないんですから。
ガブリエレ　あなたのおっしゃることは理解してもらえるのかしら……下町では。
アナトール　全然！――下町では僕はただ愛してもらえるだけです、上流社会では――理解されるだけ――この意味はおわかりでしょう。
ガブリエレ　わかりませんし、わかろうとも思いません。――さあこちらへ、この店がおあつらえむきのようよ……

傍点を付した下町が、冒頭で述べた「線の外」つまり新開地の意味で、そういう地域の典型としてあとで市外西部のヘルナルス（一七区）という具体的な地名が出てくる。

下層階級の娘たちはひたむきに愛することができるだけで、上流社会での気の利いた会話を理解する知性をもたない。しかし、上流階級の恋はあぶない会話の楽しみだけで、愛の実体を伴わない。アナドールがガブリエレにそれを多少恨みがましく言うと、ガブリエレはすぐに話題をそらしてしまう。

店の前に連れていかれたアナトールは、ガブリエレが下町娘のために趣味の悪いプレゼントを選ぶので、彼女が下町娘に対して無意識の優越感を抱いていることを悟る。アナトールが少し傷ついて、「下町の趣味はあなたがお考えになるよりずっといいものです」と答えると、ガブリエレは、その世界のことは誰も教えてくれなかったので誤解があるのは仕方がないが、この機会にアナトールに下町のことを教えてもらいたいと望む。アナトールは、下町の娘は上流の女のように態度では気があるようなふりをしながら、最後には肘鉄《ひじてつ》を喰わすというような手のこんだ遊戯はしないと言ってガブリエレを当てこする。彼がひがむのも彼女のせいと言わんばかりだ。彼女がしつこくアナトールの現在の相手のことを尋ねると、彼はそれほど特別な女ではないし、女性は貴賤を問わず類型（タイプ）に分類できるという。彼女が傷ついたようなので、彼は自分も類型だと言い、どんなタイプと聞かれると「気軽な憂鬱屋《ライヒトジンニガー・メランコーリカー》」だと答える。この気軽な憂鬱屋は、以後世紀末のウィーンのタイプとしてよく引用される句となった。ガブリエレはさらに自分がどんなタイプかと聞くと、「有閑婦人《モンデーヌ》」と言われる。相手の下町娘のタイプは、と問われたアナトールは「おぼこ娘《ジューセス・メーデル》」（甘美なやさしい娘、現代語なら「かわいい娘ちゃん」というところ）と答える。

おぼこ娘《ジューセス・メーデル》は、シュニツラーの作りあげた独特の役柄だが、必ずしも純情可憐な娘とは限らない。『恋愛三昧』のクリスティーネは純情だが、『輪舞』の六景と七景に登場するおぼこ娘は食欲旺盛で金銭感覚が発達し、セックスに対してもあっけらかんとした態度をとる。『恋愛三昧』でいえば、クリスティーネの友人で、上流の青年との恋を一時的な遊びと割り切っているミッツィーがこのタイプだろう。

ところで立ち話をしているうち、買物も済ませないのにガブリエレの帰宅時間になってしまう。クリスマス・イヴに遅れて帰るわけにはいかない。ガブリエレは急にアナトールに辻馬車を止めさせ、買物ができなかったから、せめて手に持っていた花束をアナトールの恋人の「おぼこ娘」にプレゼントしてくれと言う。渡す時に伝えてもらいたい伝言を、彼女は辻馬車に乗りこんでから急いで言う。「この花はね、……かわいい娘さん、あなたと同じように愛していながらそれを口に出す勇気のなかった女性からの贈り物よ」。つまりアナトールと同じように、ガブリエレもアナトールに振られたとひがんでいたのである。アナトールがそれに気づいた時は、馬車の扉は閉まり、馬車は遠ざかってゆく。しばらくそれを見送るアナトール。心憎いほどみごとな幕切れである。

みごとな幕切れ

第一景『運命への問い』

この『クリスマスの買物』にも見られるように、『アナトール』はそれぞれ独立した一幕物としても鑑賞できるような形の七つの場面から構成されており、一八八八年から九一年までの間に書きためられたもので、現在の第七景『アナトールの結婚式の朝』が最初に書かれたらしい（一八八八年六月ロンドンで執筆。オペレッタの台本作家として有名なアレヴィの作品に触発されたという）。本来はこのチクルスに属するはずの『アナトールの誇大妄想』と『彼の人生の冒険』は初版には採用されなかった。現行の第二景の『クリスマスの買物』の成立が一番遅く、完成は一八九一年一一月といわれる。作品が円熟しているのももっともだと思われる。

現行の順序に従って各場面を見ていこう。第一景は『運命への問い』と題されている。アナトールは現在の愛人コーラが、本当に自分に操立てをしているかどうか疑いを抱き、彼の打ち明け役としてつねに登場するマックスに、彼女に催眠術をかけて、本当に自分に不実を働いていないかを調べたいと言う。フロイトの同時代人であるシュニツラーは、精神療法としての催眠術を医師としても応用していたらしく、一八八九年には臨床例の論文さえ発表しているが、「真実」の追求のために催眠術が登場するところが、表面的な現象の観察と分析ですべてを解明できるとした自然主義や、動機だけを重視する心理劇とは違うところである。「真実」「人生の虚偽」という世紀末に好まれたテーマが、ウィーンではもっぱら男女の関係という私的な場だけで追求されているのは特異な感じがする。

この作品では、催眠術にかかったコーラが、まず年齢を聞かれただけで年を二歳ごまかしていたことを白状してしまうので、この先隠していた情事もしゃべるのではないかとアナトール自身が恐ろしくなり、催眠術を中止してしまうのである。コーラは下町娘らしいが、次の景でアナトールがガブリエレに自慢する純情可憐な下町娘がコーラのことを言っているとしたら、とても純情などと言えたものではない。

第　三　景　『クリスマスの買物』は初めに述べたので、第三景『エピソード』に移ろう。

『エピソード』　この作品の相手の女ビアンカはサーカスの女である。彼女は今また一座とともにウィーンに来ている。アナトールは友人マックスの部屋にいる。彼は、この旅芸人の女との情事は自分にとってひとつのエピソードに過ぎないと自負し、得々とマックスに彼女との情事を自慢する。だが、実は友人マックスがこのビアンカとはるかに深い仲で、ビアンカはまもなくマックスの家にあらわれることになっている。マックスはアナトールの幻想を壊さないために、アナトールに帰ることを勧めるがアナトールはその忠告に従わないので、結局ビアンカと鉢合わせしてしまう。無残なことに、ビアンカはアナトールをよく覚えていない。アナトールはビアンカにとってのエピソードに過ぎなかったのだ。ここでは、いつもアナトールの情事の聞かされ役であるマックスが大いに溜飲を下げることになる。

第四景『記念の宝石』

第四景『記念の宝石』のテーマは、女性の貪婪《どんらん》さといえよう。アナトールは過去のあるエミーリエ（ある解説書では「淪落の女」と規定している）と付き合ううちに、彼女がすべての過去を清算するならば永続的な関係をもってもいいと思うようになる。彼はそのため、エミーリエに過去を思い出させるようなすべてのものを破棄することを要求する。実は前の『エピソード』で彼がマックスを訪問したのは、ある女と新しい生活を始めることになり、そのために過去の愛人との思い出の品があってはまずいので、しばらくマックスの部屋に預かってもらいたい、と頼むためだったのである。この「新しい生活」がエミーリエとのこととすれば、アナトールはエミーリエに過去の思い出の品を破棄しろと要求しておきながら、自分はちやっかりとマックスに過去の品を預けに行っていることになる。サーカスの女ビアンカの品もその中にあり、そこでマックスは、アナトールがビアンカとも付き合っていたことを知るわけだ。アナトール自身がこういう有様だから、エミーリエが同じことをしていても責められる筋合いはないのだが、アナトールはエミーリエの引き出しを捜索して彼女が隠していた思い出の宝石をふたつ見つけ、どういう由来のものかを問いつめる。

エミーリエは一六歳の年に処女を失っていることも告白しているから、上流社会の女ではあるまい。アナトールは、彼女と一切の隠し事のない関係をもったことに満足したと言いながら、結局はそれにこだわっているのだ。シュニツラー流に言えば、男は女の最初の男であることを欲し、女は男の最後の女であることを欲する。告白ごっこで一応の満足を覚えていたアナトールが、また女の「最初の体験」にこだわりを見せるので、彼女はアナトールの歓心を買うために初体験の思い出のルビーの指環を捨てると約束する。ところが、もうひとつの黒い宝石のことも尋ねると、女は突然傲慢で貪欲な目付きになり、二五万ターラーもする黒ダイヤなのだと言う。怒りを覚えたアナトールがそれをストーブの中に投げこむと、女は夢中になって石炭ばさみで宝石を取り出そうとする。二、三秒間それを眺めていたアナトールは、冷ややかに「売女め！」と言って部屋を去る。しかしそういうアナトールにエミーリエを罵る資格があるかどうか、怪しいものである。

第五景

『別れの晩餐』

第五話『別れの晩餐』の相手の女アニーは、どうやら劇場関係の女のようである。

アナトールは、彼女とはお互いに関係を切りたくなったらいつでも言い出して別れようという約束で付き合っていた。ところがアナトールは、一週間ほど前から、ブロンドの可憐な下町娘に（再び）熱をあげだして、アニーに別れ話を切り出そうと思っている。そのために、一週間前からウィーンで最高級のザッハー料理店に劇場のはねたあとの彼女を招き、別れ話を切り出そうとしているが、いかに約束とはいえ、やはり女にはショックではないかと思うと、豪華な食事だけをして別れ話を切り出す機会を失っている。ウィーンでは、女優やバレリーナは高等娼婦のような社会的機能をもつことも多かったから、食事なら一流の店に招かなければならない。

実はこの一週間、アナトールは毎日二度夕食をとる羽目になっている。一度は新しい愛人の下町娘と場末のビアレストランで、そのあとは手を切ろうと思うアニーと一流店で食事をするのである。今日マックスまでここに呼んだのは、同席してもらって別れ話の手助けを頼むつもりなのだ。ところがそれは全く無用だった。女の方から先に別れ話を切り出されてしまうのである。女は別れ話を切り出しながら、旺盛な食欲を見せる。事情を知っているマックスには、この情景がおかしくてたまらない。アナトールはむきになって、女の新しい恋人が誰かを問いつめる。アニーは高級なワインをたっぷり聞こし召しながら、かわいい恋人カールののろけを始める。群舞を踊っている若いバレエーダンサーらしい。

彼女からそんな話を聞かされると、アナトールは逆上し、自分にもお前ぐらいの女を千人手放してもいいような純情な恋人がいると広言する。「それではおあいこね」と言うアニーに、アナトールは、自分のほうがもっとひどいやり方で欺いていたのだと追いうちをかける。怒った女は出て行こうとするが、ちょうどデザートのアイスクリームが来るので、それを食べていく。これからは貧しいダンサーが相手なので、シャンペンや牡蠣などの高級料理とは当分お別れだからである。さらに彼女は、貧しい恋人のためにひとつかみの煙草まで頂いていく。マックスが無事別れの儀式が済んだと皮肉を言う。

第六景『苦悶』

第六景『苦悶』、これは『断末魔の苦しみ』とさえ訳せるタイトルだが、アナトール自身の愛の遍歴が下降線をたどり、何か手を打たなければならないところまで追いつめられていることを示しているのだろう。今回の相手のエルゼは上流階級の人妻である。言ってみれば、第二景のガブリエレにかけたような思いがここでは遂げられている。だが家庭に束縛されているエルゼは、絶えず世間に気を使い、それによってアナトールの恋心に水をさすことになる。アナトールは自分は「瞬間のイリュージョン」に酔える人間だと言いながら、エルゼを抱いていても、自分は常に情人にすぎず、夫のいる彼女にとって自分が唯一の男性ではない、という考えに悩まされる。冒頭でマックスは、二年以上にもなるこの不毛な関係を絶ち切って旅行に出ることを強く勧めるが、彼にはその決心がつかない。訪れて来たエルゼは、来るなり帰る時間を気にする。アナトールは、少しは人妻であることを忘れてくれと苦情を言う。夫を愛していないとは言っても、自分が彼女の情事の相手に選ばれたのは、たまたま情事をしてみたいと思っていた彼女の前に偶然自分があらわれたからにすぎないのではないかと責める。これはエルゼのいう大恋愛《グランパッション》などではなく、ただの火遊び《アヴァンチュール》にすぎないのではないか、と言われると、エルゼはむきになって、その言葉は取り消してくれと言う。しかしアナトールの「本当に自分を愛しているなら、一切を捨てて外国に逃げてくれ、そうすれば人目をはばかることもなく、いつもふたりだけでいられる」という言葉に、エルゼは「なんでそんな必要があるの、駆け落ちなんて必要ないじゃない……ウィーンにいたって、会いたい時にはほとんどいつでも会えるし」と言う。すっかり鼻白んだアナトールは、キスをねだってそそくさと帰ってゆく人妻を見送ってから、「愚かなことだ」と身震いする。

第七景

『結婚式の朝』　第七話『結婚式の朝』は、いよいよ身を固める決心をしたアナトールの結婚式の当日である。ところが、前夜、新婦の実家でのパーティの後、「最後の独身の夜」をひとりで祝うために仮面舞踏会に出かけ、そこで昔なじみの女優イローナに会ってしまう。一ヶ月半前に婚約をした時、アナトールはこの女優にしばらく旅に出ると偽っていたのである。イローナはアナトールが「旅から帰って来た」ことを喜び、そのまま彼の家までついて来てしまう。翌朝、午後に行われる結婚式の打ち合わせに顔を出したマックスは、アナトールのところにイローナが泊っているので仰天する。ふたりは口裏を合わせて、他人の結婚式の立会人になるために出かけなければならないと言う。マックスがほうほうの体で姿を消した後、アナトールは、もう絶対あなたを離さない、と言っているイローナから逃れようとするが、遂に隠し切れず、今日結婚するのは自分だと言ってしまう。イローナは召使から婚礼用の花束を取りあげてめちゃめちゃにし、迎えに来たマックスの前でも狂態を演じる。マックスは事態は自分が何とか収拾するからと言ってアナトールを式場に送り出す。イローナと残ったマックスは、アナトールは結婚しても必ずイローナのもとに帰って来るという殺し文句で彼女をなだめ、彼女が婚礼にあらわれてスキャンダルにならないように家まで送っていく。

シュニツラーはこの作品の奇妙な異稿も書いている。異稿では、結婚式の朝、許嫁アレクサンドラの父が来訪して、花嫁となるべき彼女が前夜別の男と駆け落ちしてしまったと伝えるのである。イローナは一部始終を知って満足し、アナトールは彼女と予約しておいた新婚旅行に出かけることになっている。

『アナトールの誇大妄想』

ところで、『結婚式の朝』のほかに、シュニツラーは『アナトールの誇大妄想』という一幕物を書いている。最後の場はこのどちらかを選択させるつもりだったが、『誇大妄想』は生前には公表もされず従って上演されなかった。この劇では、もう老境にさしかかったアナトールが登場するが、「誇大妄想」とは他の景でも示されているアナトールの自己欺瞞を意味している。彼はつねに真実の愛が存在すると自分に信じこませてきた。しかし愛とは、ゲームとしてのみ真実なのだ。彼は自分でゲームを演出しながら、恋愛が遊びであることを信じないのだ。初老になっても彼のこの自己欺瞞は直っていない。愛の観察者である彼は、絶対的な愛や誠など存在しないことを知りながら、それが存在するかのような幻想を作りあげる。かつて自分が関係した女性にとっては、自分はそれ以前及びそれ以降の男性とは全く違う存在としてその女性の記憶に留まっていたい。『エピソード』でも『記念の宝石』でも『苦悶』でもその要求は強いが、『エピソード』の場合、相手の女の記憶にさえ残っていないのである。

『誇大妄想』の場面は、ウィーンの近郊と思われる美しい自然に囲まれたレストランのテラスである。もう五〇に近づいたアナトールが、またマックスを相手に話している。自分はもう、こういう美しい自然を情事の背景としてでなく、風景そのものとして愛でることができるようになった、などと枯れたことを言う。しかし、彼が愛の真実などは絶対に存在しないと知っているくせに、一方では誠の愛が存在するというイリュージョンを破壊されたくなくて、真実の愛に固執する傾向はいささかも変わっていないことが後でわかってくる。

夕暮れの景色を楽しみながら、マックスと愛についての会話を交わしている時、店の正面に当たる舞台裏手に向かって、ウィーンからやってきた馬車が何台か見える。ディーブル男爵のサロンに出入りしているらしい男女のグループである。その中には、先程話題にのぼった若い娘アンネッテや、昔アナトールと関係のあったベルタもいるらしい。アンネッテが話題になったのは、彼女が嫉妬深い劇場付楽団員の愛人であるのに、その恋人を刺激するために、中年男のアナトールに秋波を送るからである。アナトールから見ると、この若い娘アンネッテの態度はすべての女のもつコケットリーを立証するものだ。しかしアンネッテに嫉妬する楽団の青年は、恋人の不実に悩まされ、恋人から絶対の誠を要求した若き日のアナトールの似姿にも他ならないのである。

テラスにいるふたりのところにディーブル男爵自身が姿をあらわし、自分たちのパーティに誘うが、アナトールは断る。ひとり残ったアナトールのところに、みんなに頼まれて呼びに来たという口実で例のアンネッテが姿をあらわし、アナトールにモーションをかける。アナトールが恋人の青年の嫉妬の話を質問すると、アンネッテは恋人であるような芝居をしてほしいともちかける。勿論青年を刺激するためのコケットだろうとアナトールが言うと、彼女は芝居ではなく本心であるような素振りさえ見せるが、そこへ男爵が例の青年とベルタまで連れて姿をあらわすので、話はそれきりになる。

今度は、アナトールはベルタと昔の思い出を語り出す。ベルタがアナトールと付き合っていた時、真実を言うと誓っていたのに嘘を言わなかったか、ということにアナトールはこだわり始める。具体的に、芝居を見に行ったある晩、彼女をじっと見つめていた老人を彼女は知っていたのではないか。ベルタは、それをあえて否定せず、アナトールは女性に嘘を吐かすように強いてしまうのだ、と言う。泣いたり和解したりする瞬間のすばらしさ、彼女がつねにもっていた、彼には理解できぬ未知の部分……。

アナトールは冒頭のマックスとの会話でも言っている。「僕らは、どんなによく知っている女性といえども、その女が自分を愛してくれる愛し方の面しか知らないのであり、その女が他の男を愛する愛し方は知らないのだよ」。（この愛し方とは肉体的な意味であろう。）

ベルタとの対話は、マックスが男爵といっしょに戻って来たことで終わる。アナトールはマックスに、今消えていったベルタが過去において自分の恋人であった間も別の男と付き合い、彼を欺していたことがわかったと言う。アナトールは今はいろんな思い出を「真珠の入った袋を」ぶちまけるようにぶちまけているが、本真珠はほとんどなくすべてまがいものであると言う。ふたりは男爵のパーティには加わらずに帰ってしまう。

そこへアンネッテが姿をあらわす。そのすぐ後から、不安になった恋人の青年が後を追ってくる。青年は、彼女を独占したくて、男爵のパーティのような「人中に」出ることも嫌がっていたのである。アナトールのおかげでアンネッテは青年を刺激することに成功し、感動的な和解とふたりだけの時間も得られたようだ。

アナトールの基本構造は年をとっても変わってはいないが、アンネッテのコケットリーでこけにされなかったところが年の功と言うべきだろうか。

一〇数年後のアナトールを描いた『誇大妄想』は、死後発表されたために彼のずっと後の作のような印象を与えるが、成立年代は『アナトール』と同じ時期であり、他の場面より成熟している感じもないし、最終景を『結婚式の朝』と『誇大妄想』の選択にしたら、後者をとる者けいないだろう。

現実にシュニツラーが『アナトール』完成後二〇年を経て後日談を書いたとしたら、作品はこんな若書きには見られない英知を獲得していたかもしれない。

アナトール－チクルスの小品　アナトール－シリーズと考えてもおかしくない小品があと二篇ある。最も初期の一幕物と考えられる『彼の人生の冒険』では、アナトールは上流階級の人妻と町娘（といっても純情型でない）を同時に愛しているが、このふたりが彼の家で鉢合わせしてしまったために、アナトールはふたりとも失ってしまう。そこで、彼はまた新たにふたりの愛人探しを始めなければならない。このアナトールは憂鬱でなく陽気な人物である。

アナトール－チクルス（連作）完成後に試みた一幕物『おぼこ娘』は、アナトールが上流階級の舞踏会にあこがれている下町娘フリッツィに、舞踏会の模様を物語るばかりでなく、彼女に上流婦人の役まで演じさせる。劇中劇構造をもつこの作品が、断片に終わったのは残念である。ところで劇作家シュニツラーの名を不動のものにした『アナトール』の、チクルス全曲が上演されたのは意外に遅く、最初は一曲ずつ単独に一幕物として上演されている。

最初の上演は（シュニツラーの作品の舞台上演としても最初になるが）『別れの晩餐』（一八九三年七月）だが、ウィーンではなく、バート－イシュルで行われた。

ウィーンで初演された最初の作品は、第二章で述べる三幕の社会劇『メルヘン』（ウィーン民衆劇場、一八九三年一二月）であるが、これは失敗に終わった。彼の劇場での成功は、九五年一〇月にブルク劇場で初演された『恋愛三昧』であり、これによって近代劇の代表的演出家オットー＝ブラームとの親交が生まれた。ブラームは九六年二月にベルリンのドイツ座で『恋愛三昧』を上演し、以後ブラームの手でベルリンでもシュニツラーの作品がしばしば上演されることになるのである。

ホーフマンスタールの序詞

『アナトール』は個々の場面が一幕物として上演され、七景全部が上演されたのはずっと後のことである。だがチクルス全体として一貫性があることは、早くから認められていた。それを如実に示すように、早熟の天才ホーフマンスタールが、初期のペンネームであるロリスの署名で美しい序詞を書いている。

美しい序詞は、まず画家カナレットの描くウィーンのロココ時代（年代まで一七六〇年代と規定しているが、これは彼のオペラ台本『バラの騎士』の時代とほぼ同じである）の城館の描写から始まる。紋章入りの門が重々しく軋《きし》みながら開くと、スフィンクスの像の横たわる庭園には小さな滝が飛沫をあげ、ニンフ像をあしらった大理石の池には、イルカの口から水が水盤に注いでいる。美しい花々に囲まれた庭の奥に見えるのは、菫《すみれ》の僧服の大司教や婀娜《あだ》な女たち、騎士や長老たち、いま運ばれて来た輿《こし》から降りる女もある。

ホーフマンスタールらと一緒の
シュニツラー

これはまさにロココ時代の絵柄で、世紀末の現代人アナトールの世界とは全く異質のようだが、邸内の絨毯《じゅうたん》には一九世紀の画家ワットー風の牧人劇が描かれている。素朴な古代の羊飼いの男女の恋愛を描いた牧人劇は、ルネッサンスに始まり、ロココ時代には非常に流行した（ゲーテの初期戯曲『恋人の気まぐれ』など）。「牧人劇」の背景の古代、その牧人劇の流行したロココ時代から、当時の現代であった世紀末という、三つの時代を重ねながら、ホーフマンスタールはそこで演じられている男女の情痴の世界の姿は不易であると言おうとしているかのようだ。

さあそれでは芝居を始めよう
わたしたち自身の台本を演じよう
早く熟《う》れ、愛情と悲しみにあふれた
わたしたちの魂《こころ》の喜劇《しばい》を演じよう
わたしたちの感覚のなかの昨日と今日を
悪事《よからぬこと》のみごとな図式《かたち》を
なめらかな句《ことば》、色とりどりの情景を
中途半端な秘めた感情《こころ》を
苦悶《アゴニー》を挿話《エピソード》を……

「悪事《よからぬこと》のみごとな図式《かたち》」、この句ほどシュニツラーの繊細な劇の本質を射当てた言葉はなく、これはホーフマンスタールが一二歳年長の作家に捧げた最高のオマージュといってもよいだろう。

シュニツラーをめぐる女性

ところで、シュニツラー自身の女性関係はどうであったのだろうか。結婚生活はシュニツラーの作品に扱われるテーマだが、彼自身は二七歳で自伝的に自らの履歴を回顧した時に、自分にはまだ独身で体験しておかなければならぬことがたくさんあり、結婚するには早すぎると述べている。アナトールのような作品は実体験なしに書けるものではなく、彼自身も愛人を次々に変えるような生活を送っていた。女性関係も「おぼこ娘」から、『野獣』のヒロイン、アンナと同じ田舎劇場の女優だったマリー＝グリュンマーやオルガ＝ワイスニックスに、さらにはブルク劇場の女優アデーレ＝ザンドロックに及んでいる。ザンドロックとの関係は、一八九四年に彼の診療所にあらわれた歌手マリー＝ラインハルトのためにすでに危うくなっていたが、ザンドロックが『恋愛三昧』の主役クリスティーネを演じることになったために、なお数年は持続した。ザンドロックは、ずっと後の一九〇五年、カール＝クラウスの肝入りで、ヴェーデキントと彼の後の夫人ティリーが出演した『パンドラの箱』でゲシュヴィッツ伯爵令嬢を演じている。マリーの場合は、三年の関係後シュニツラーの子どもをみごもり、結婚を迫るようになった。しかし彼は承諾せず、人目を避けるためにマリーをウィーン郊外で出産させ、子どもは里子に出すように手配した。しかもこういう時期に、ある人妻としばしば密会を重ねていたという。マリーに対してとった態度はまさにエゴイズムむき出しであるが、望まない子が死産だった時にはひどく悲しんだという。この事件は、彼のアンビバレントな態度も含めて、長篇『自由への道』の中に描かれている。マリーは二年後急性盲腸で急死するが、シュニツラーはずっと後になっても、彼女の夢を見て苦痛を覚えたと日記に記している。

マリーの死の数ヶ月後に彼の診療室にあらわれた一八歳の俳優学校生オルガ＝グスマンは、一九〇二年に妊娠し、シュニツラーはまたも結婚を躊躇《ちゅうちょ》し、近郊のヒンターブリュールで出産させたが、オルガは息子のハインリヒを連れてウィーンに帰り、意志を貫徹した。一九〇三年五月二二日に、四二歳のシュニツラーは、懐疑を捨てられぬまま、ユダヤ教会で結婚式を挙げた。それまではシュニツラーは母親と住んでいたのである。ハインリヒは後に演出家となり、八〇年代に没するまで、多くの父の作品を舞台にかけている。

エロスと死の作家

『みれん』と『恋愛三昧』の上演

問題劇『メルヘン』が失敗した頃には、シュニツラーは彼の代表的短篇といわれ、鷗外訳の『みれん』という題で知られる『死』をとうに完成していた（一八八二年完成）。発表は一八九五年であった。この年の一〇月九日に、ブルク劇場で上演された『恋愛三昧《リーベライ》』の成功が、劇作家としての彼の評価を決定づけたのである。「エロスと死」というレッテルがこの作家に貼られるようになったのも、このふたつの作品に拠るところが大きい。しかし、『恋愛三昧』もよく観察すれば実は社会問題を抜きにしては考えられないのだ。『恋愛三昧』の成功の翌年の二月に、早くもベルリンでこの作品を取りあげたのは、典型的な自然主義演劇の演出家といわれているオットー＝ブラームであった。ブラームとシュニツラーは、以後この演出家の死（一九一二年）まで親密な交遊関係を保ち続けた。およそ自然主義という名に似つかわしくないホーフマンスタールの作品を多く取りあげたのもブラームである（オペラ化される前の『エレクトラ』や『救われたヴェネチア』など）。大体世紀末の演劇を、自然主義とか印象主義とかに峻別してしまうのは誤解を招きやすく、世紀末の芸術全体は「モデルネ」という当時の魅力的なキイワードで総括されているのである。従ってそれ以後しばらくは、「モダン」という形容詞が時代

上演された『恋愛三昧』の一場面（1925年）。息子であるハインリヒが演じている

遅れに感じられ、あまり使われなくなるという時期が続く。『恋愛三昧』の筋については、まえがきで述べたのでここでは触れないが、この作品は一晩の上演にはやや長さが足りないと思われる。ブルク劇場初演の時は、イタリアの作家ジャコーザの一幕物『魂の権利』と一緒に上演された。ベルリンのドイツ座では、一幕で上演可能とはいえ、かなり長いクライストの喜劇『こわれ甕《がめ》』と同時に上演されている。ウィーンとベルリンの上演を比較して、マックス＝ブルクハルトは、ウィーンのアデーレ＝ザンドロック（シュニツラーの愛人でもあった）のクリスティーネの演技はたしかにすばらしいが、作品の内容的な把握では、自然主義女優アグネス＝ゾルマの完璧さを評価したいと述べている。

短篇小説『みれん』

ところで短篇小説『みれん』が発表される以前に、シュニツラーにはすでに多くの小説の習作があり、『みれん』は一二作目に当たる。『みれん』以前の作品は『富』を除けばすべて小品であり、『みれん』が最初の中篇小説である。つい一昔前までは不治の病であった肺結核に冒され、余命は一年しかないと宣告された青年フェーリクス（皮肉にも幸福という名である）の恋人マリーは、彼の傍らで彼とともに生き、共に死のうと思う。フェーリクスは初めはそれを拒むが、やがては同意し、マリーを死の道連れにすることを当然と思うようになった。作品はほとんどふたりだけの視点から語られ、第三者として登場するのはフェーリクスの友人の医師アルフレートだけである。五月の夕闇迫るウィーンの公園で始まる作品の冒頭「闇が迫ってきた」は、情景描写でありながら死の足音を予感させる。画家フェーリクスは友人アルフレートが彼に隠していた自分の病状を他の医師から聞き出してしまい、その秘密をマリーに明かして彼女を自由にすると言う。しかし、彼女は彼と共に死ぬと誓う。翌朝マリーがアルフレートを訪れて真実を聞き出そうとしているところにフェーリクスがあらわれる。彼は友人の態度からも死が近いことを確信し、将来のあるマリーの妨げにならぬように一刻も早く世を去りたいと言う。それならいっそ毒薬が欲しいと叫ぶマリーを前にして、医師はふたりに気分を一新して山地に転地療養をし、体力がついたらイタリアででものんびり生活することを勧める。

こうしてふたりは、オーストリアの山中の湖のほとりの療養地に家を借り、ふたりだけの生活を始める。一年後の死という恐怖と面壁《めんぺき》する日々が過ぎてゆく。マリーを束縛したくないと言いながら、フェーリクスは絶えずマリーに去られることを恐れる。ある朝、安眠しているフェーリクスをおいて湖にボートを出したマリーは、すれ違うボートの若者から声をかけられて心が騒ぎ、あわてて帰宅する。フェーリクスはマリーの気配から何かを察知してひとり寝室に引き籠ってしまう。その日を境にふたりの間に何か異質なものが入りこみ、それを認めぬように機会があれば話しこむようになる。彼のエゴイズムは、マリーが自分と共に死んでくれることを求めている。マリーは一方で男に同情しながらも、自分が周囲の人々と変わらない健康な身であることを考えると、この犠牲死が愚かしく思われてくる。夏が終わりに近づいた時、彼らは身辺整理のためにウィーンに帰るという計画を途中で変更し、ザルツブルクで旅装を解く。男は多少元気を回復し、生きる時間が短くなっても、残された日々を充実して過ごした方がよいと考えるようになる。

死からの逃走

こうして愛し合う日々が続き、夏も終わりかけたある朝、フェーリクスは喀血し、ふたりは慌ただしくウィーンに帰る。アルフレートが今度もいろいろ指示を与える。マリーがフェーリクスの枕元に座ったまま看病する生活が一〇数日も続く。ある夕方、マリーは久しぶりで戸外に出て、自由というものを満喫する。目ざめてマリーの不在に気づいたフェーリクスは、絶望と疑惑にさいなまれる。続く数日、マリーは再び彼の枕元で日を送る。彼女を観察しているアルフレートは、彼女の誠実さに同情しながらも何か演技めいたものを感じる。もはや奇跡しか信じられないフェーリクスは、イタリアに行けば全快という奇跡があるかもしれないと思い始めると矢も楯もたまらなくなり、無理をしてメラーノ行きの汽車に乗りこむ。

しかし長途の旅は無理であり、小さな庭付きの家を見つけて落ち着いた途端に喀血が始まり、昏睡状態に陥る。途方に暮れたマリーは、アルフレートに電報を打つ。フェーリクスが意識を回復した時、彼はマリーを引き寄せ、せわしげに「君に約束を思い出してもらいたい、僕と一緒に死ぬというあの約束を」と言って、むさぼるように彼女の唇を求め、両手で彼女の頭を信じられないような力で摑《つか》む。不安で全身の力がぬけたマリーの耳元に、「一緒に、一緒に死のう、それが君の意志だったのだろう、ひとりで死ぬのは怖い、死んでくれ、死んでくれ」という声が聞こえる。思わず足で椅子を外したはずみに、彼女は鉄の輪のような抱擁から逃れ、「いやよ」と言いながら部屋の外に走り出す。

締め殺されるような恐怖を覚えた彼女は道のはずれまで来て、ようやく開かれた部屋の窓と、その奥にゆれる蠟燭《ろうそく》のあかりを見る。ふと頭にひらめく、アルフレートがもう来てくれるかもしれない。その通り、かなたからアルフレートの来るのが見える。部屋に戻ってみると、ベットは空である。フェーリクスは、窓の側まで這って来た姿のまま、そこでこと切れていた。まだその年の秋の初めであった。

「死」と「病」のテーマ

「病気と死」とくに「不治の病」である肺病は、一九世紀後半からしばしば文学作品のテーマになった。しかしシュニツラーの場合、パターン化した死の美化とは違って、肉体の蝕まれてゆく緩慢なプロセスを冷静な筆致で描写している点、またマリーが恋人に殉ぜずに、決意に反して死から逃走する点など、死を醒めた姿勢で描写している点が特色である。病室に閉じこめられているマリーにとって、窓は唯一の明るさと生の象徴であるが、マリーは最後には闇から逃亡する。ほぼ同じ時期に書かれたヴェーデキントの戯曲『春の目ざめ』の幕切れで示された「生の肯定」ほど強力ではないが、この作品も死を感傷的に描いていないことは確かである。

死、病気はシュニツラーの大きなテーマだが、『みれん』以前の作品にはそれ以外のテーマ手法も多く先取りされている。『みれん』は、男女ふたりの視点とはいえ三人称で書かれた小説だが、シュニツラーには一人称の小説も多く、その架空の語り手は医師や作家である場合が多い。しかし小説の「私」の意見は、シュニツラー自身の意見ではない場合も多いのである。『友人Y《ユプシロン》』の語り手の医師は、作品と現実を混同し、自作のヒロインが死んだことに絶望して自殺した友人Yのことを物語る体裁をとっているが、この医師は、芸術の創造を神経症的な性格の表出と考えるロンブロゾーに近い立場に立っている。

『息子』嬰児殺しのテーマ

『息子』（一八九二年）も医師の日記という形をとっているが、このテーマは後の傑作『テレーゼ』にもあらわれてくる。裏町で息子が母親の頭に斧を振り下ろすという惨事が起きた。母親を手当てした医師は、その後意識を回復した母親からある秘密を打ち明けられる。母親は男に捨てられた後にこの息子を生み落としたが、将来の当てもなく布団をかぶせて窒息死させようとした。ところが一夜明けても子どもは死ななかった。息子は私生児として育てられたが、母が生後すぐに自分を殺そうとしたことを知っているような目つきで母を見るようになった。母親が罪の意識から息子を溺愛したため、息子は長じても生業に就かず、手内職で生活を支えている母親のなけなしの金をせびりとって飲み歩いていた。ある夜母が彼に渡す金がないと言ったことに腹を立ててこの凶行に及んだのである。しかし瀕死の母親は、息子に対してかつて犯した罪を告白しただけでなく、彼の凶行も自分の嬰児殺し未遂に対する報復と考えるから、裁判官にこの件を伝えて息子の情状酌量を計ってくれるよう懇願する。

母親が死んだ後、医師は、嬰児の頃に殺されかけたことが果たして記憶に残り得るかという問題に関心を抱きながら、死んだ母親の願いを果たそうと思う。事件の演じられた場が、下層階級の住む裏町であることに注意しよう。「嬰児殺し」はモーパッサンからハウプトマンを経てブレヒトまで取りあげられる社会的テーマである。

『わかれ』姦通というテーマ

シュニツラーは一八九四年に再び社会劇『野獣（禁猟期なしの獣《けもの》）』を書く。つまりこの時期まで彼は「エロスと死」の劇と社会劇を一作おきに書いているのである。「恋とエロス」の劇の中にも、社会問題がつねに潜在しているといえる。ここでは、彼がある意味で現代小説の先駆者と見なされるようになった傑作『グストゥル少尉』（一九〇〇年）を発表するまでの小説群を、まとめて考察しておこう。

愛と死に社会的な問題である姦通というテーマがかかわってくる典型的な作品は『わかれ』（一八九六年）である。冒頭は恋愛関係にある人妻が突然来訪しなくなったことに苛立つ男の「待つ」苦しみが描写される。やがて彼女が伝染病に感染したことを知った主人公は、公式に彼女を訪問できる身ではないので、あらゆる手段を使って病状を知ろうとする。彼が彼女を最後に抱いた日の一週間後に、彼女は世を去る。最後の対面をするために、彼女の遺体の安置されているベッドまで入りこんだ彼は、そこで悲しみに沈んでいる夫を見る。死んだ愛人の唇に浮かぶ嘲笑的な微笑は、自分の手をとって別れのキスをすることさえできぬ彼を憐れんでいるように見え、追い立てられるように喪の家を飛び出す。

M＝ペアマンは、主人公アルバートが想像の中で彼女の死を先取りする場面や、足元の大地がゆれ始めたり、閉ざされた扉の奥から望みのないことを宣告する医師の声をはっきりと聞いたりするところで、健康と病気の定かな境界が消えてしまうことを指摘し、人間は自己の内部をも統御できないものだというフロイトの省察の最初の文学的表現だと見なしている。

『花』と『賢者の妻』

シュニツラーは「死」を、復活などあり得ない生物的な現象としてとらえたが、その背後にニーチェのあの「神は死せり」という叫びを聞くことも可能だろう。彼岸に祝福などありはしない。死者は生き残った者の死者に対する罪の意識に訴えて、破壊的な現象を進行させていくだけの存在である。

『花』（一八八四年）には「我々が忘れてしまわない限り、死者はいつでも戻って来る」という句がある。主人公の愛人は生前、花を彼に定期的に送る習慣があったが、死んだ後でもその花が送られてくるので、主人公は死者の国にとらわれるような感じを抱く。しかし、現在の恋人のグレーテルの来訪によって、花びらは散りしぼみ、主人公は生へと呼び戻されるのである。生への呼び声の強さは、ペシミストといわれるシュニツラーの半面と見てもよいだろう。

『賢者の妻』（一八九七年）では、「憂鬱な退屈」を紛らわすために北欧の海岸に避暑に出かけた主人公が、七年前の回想の女性に出会う。彼が高校時代に下宿していた教師の人妻である。高校を卒業して彼が帰省する前に、彼女フリデリーケが彼の部屋を訪れて、熱い口づけを与える。その時静かに扉が開き、夫（賢者）はその情景を見てしまったが、黙って立ち去っていく。それには気づかなかったが気配を感じた妻に、追われるように家を立ち去った。彼は発覚を恐れていたが、何事もなかった。賢者が一言も言わずに妻を許したことは、フリデリーケがその後生まれた男の子を連れて来ていることからもわかる。満たされなかった愛を取り返す機会が訪れたのだが、主人公は、約束のランデヴーの時間には帰国する汽車に乗りこんでいる。この賢人が、果たして宥《ゆる》しの人であるかどうかは、ずっと後の戯曲『広い国』の主人公ホーフライターの行動を考えると疑問である。

結婚とは、全く異なる行動のヴェクトルをもつ男と女の生活である。男は家の外で多くの女性と関係を結ぶことが多い。基本的には恋の冒険家（アヴァンチュールを好む数寄者《すきもの》は、彼のみならずホーフマンスタールの作中人物でもあるが、扱い方は全く異なっている）である男性とは違って、女性の不倫は、道徳や倫理との関連がはるかに強く意識される。この作品では、妻の不倫は主人公に再び過去の愛を蘇えらせる強い力でありながら、主人公がその愛の成就を寸前にして逃走するのも、その倫理感が強く意識されるせいである。

『栄誉の日』芝居というテーマ　シュニツラー文学の別のテーマである「芝居」は、彼が幼時から演劇の世界に親しんできたこととも関係がある。劇場で演ぜられる『栄誉の日』は、ウィーンのように劇場が日常生活に深く浸透している場でしか成立しない小説である。オペレッタの看板女優アルビーネ＝ブランディーネの愛人であるアウグストは、彼女がうだつの上がらない端役ローラントを誉めたり弁護したりするので彼に嫉妬し、復讐のためにある茶番を思いつく。ヒロインのアリアの前に、下男としてヒロインに主人からの贈り物を届けに来るローラントの出番を見はからって、客席全体からブラヴォーの叫びをあげさせて彼に花輪を贈呈し、自分への賞讃の声だと思ったブランディーネの鼻を明かしてやろうと考えたのである。勿論彼には、陽の当たらない端役のローラントをねぎらう気持ちも多少はあったし、この冗談によってブランディーネとの不和を解消する意図もあった。

その試みは成功した。すぐに状況を悟った女優は、この歓声がローラントに向けられたものであることを悟らせながら、アウグストのデリカシーのない冗談に激怒する。アウグストは芝居のはねた後ブランディーネを待つが、怒った彼女は姿をあらわさない。彼女の家に行ってみると、あることを予感した彼女は劇場に馬車を走らせるところだった。予感は的中した。場違いな「栄誉の日」という冗談に傷つけられたローラントは、楽屋で縊死《いし》していた。鼻もちならぬ芝居の通《つう》がいた頃のウィーンの挿話である。

「芝居」は、もっと広い意味でもシュニッツラーの作品の大きなテーマである。それは仮象と実在という形而上学的な側面ももつが、また一方では、ウィーンの二重モラル、つまり日本流にいえば建前《たてまえ》と本音《ほんね》の社会とも関係がある。こういう虚偽の世界では、人々は絶えず社会的身振りとしての演技を強いられているのだ。姦通小説『死人に口なし』(一八九七年)は演技という側面からも観察できるであろう。

『死人に口なし』 人生の仮象と実在

大学教授の若い人妻が、夫の教授会のある日、青年と逢引に出かける。冒頭はなかなか来ない人妻を待つ青年の立場から書かれている。人妻は人に発見されることに脅え、帰宅時間を気にしてばかりいる。辻馬車の馭者はかなり酩酊していて気違いのように馬を走らせる。大ドナウ河の辺まで来て、ようやく人妻の脅えはなくなるが、家を捨ててくれという青年の懇願に応えるつもりは全くない。疾走する馬車は切石に乗りあげて横転し、ふたりは放り出される。人妻は傷ひとつ負わずにすぐに意識を回復したが、連れの青年は落下した時に打ちどころが悪く、即死してしまったようである。夫人は馭者をせきたてて、人里離れた国道から最寄りの集落まで救急車を呼びにやらせるが、死体と暗闇にとり残されているうちに、恐怖と情事が露見した場合のスキャンダルを考えて、死体を残したまま、町の方向を目ざして逃げる。ようやく辻馬車を拾い、慎重に家から離れたところで馬車を乗り捨てて自宅に帰る。幸い夫はまだ帰宅していない。やっと着替えを済ませた時に夫が帰宅してきた。

夫は今日の会議の話を長々とし始めたが、妻の耳には何も入ってこない。救われたという安心感と同時にどっと疲労に襲われた彼女は、まどろみ始めるが、ふと、もし彼が蘇生し、彼女が自分を捨てて逃げたことを知ったら、復讐の念に駆られて一切を公表するかもしれないという不安にとらわれ、思わず「あっ」と叫び声をあげてしまう。

問いかけるような夫の眼ざしを前にして、彼女は今こそ自分を冷静にコントロールして、一世一代の芝居を演じなければならないと自分に言い聞かせ、夫の手をとって明るく優しく微笑みかけた。成功と思った時、彼女の想念が唇から洩れてしまった。「死人に口なしだわ」。その言葉の意味を尋ねる夫の驚いたような眼ざしに出会って、彼女は観念した。「そして彼女は悟った。自分が何年も不貞を働いてきたこの男に、次の瞬間には全ての真実を告げてしまうだろうということを。夫の目が相変わらず自分に注がれているのを感じながら、男の児を抱いてゆっくりドアを出ていく時、いろんなことがすべてまたうまく収まるとでもいうような、大きな安らぎが彼女を訪れた……」。

書簡体の小説『小さな喜劇』

この他形式的に変わったものとして、書簡体小説『小さな喜劇』（一八八五年）をあげておこう。貴族の青年アルフレートは「世界や世界に存在する苦悩などには全く無関心だ」と広言する男で、上流の遊び仲間と豪遊生活を送っている。今ナポリにいる仲間のひとりテーオドアに時々近況を知らせる手紙を書き送る。それと交互に、女優の前歴もあるらしい高等娼婦のような女性ヨゼフィーネがパリに行っている友人へレーネに宛てて書く書簡が並べられる。ヨゼフィーネは、二年ほど関係のあった上流階級の青年との関係を清算したが、かえって心機一転したような感じを抱く。アルフレートはある日、例によって常連の男女グループと高級店を何軒も飲み回り、暁方のリング通りを歩いていくうちに、生活を変えなければいけない、と感じる。遊興の日々を送っていても心は空虚で（「僕は世界苦《ヴェルトシュメルツ》になんかとらわれていない、僕のとらわれているのは下らない私苦《イッヒシュメルツ》だ」）、一七歳の初恋の頃の純真さに帰りたいと思う。ヨゼフィーネも久々に名優ジラーディ（実在）の出る劇場、それも安い三階席に行って、ボックス席の上流客をのぞいているうちに、上流階級の連中との交遊に空しさを感じるようになった。

次の手紙で、アルフレートは初夏のある日曜日の出来事を報告する。彼は貧乏芸術家のなりをして下町の始まる例の線《リーニエ》の辺に出かけ、純情可憐な下町娘とのアヴァンチュールを楽しむ計画を立てた。そして期待していた通りの「刺繍のお針娘で、屋根裏部屋に住む」ペピと近づきになり、郊外の森に出かけ、下町のつつましい料理屋で食事し再会を約して別れる。彼はその小娘の前で、恋の痛手を受けた情熱的な貧乏詩人の役割を演じおおせることができた。こう語ってくるとすでに予想されるように、このペピこそヨゼフィーネの仮装であることが次の手紙でわかる仕組みになっている。彼女は女優時代に小間使い役で着た木綿の衣装に麦藁帽といういでたちで線《リーニエ》に出かけ、待ち合わせの恋人に振られた純情娘の役を演じ、首尾よくアルフレートに声を掛けられるのである。身元を明かさぬために、下町の車も入れぬような狭い小路に住んでいるという理由で家に送られることを拒まねばならない。一週間後には、ふたりはウィーン郊外の人里離れた森の中のみすばらしい旅館で、充実した愛の日を送る。しかし、壁紙がないただのペンキ塗りの壁というたたずまいが、快適な生活に慣れたアルフレートにふと慣れた生活への郷愁を感じさせる。帰る日は豪雨で、貧乏詩人であるはずのアルフレートが思わず一等の汽車の切符を買ってしまうので、ペピはやや不審に思うが、ふたりだけの車室を確保するために「詩人」が無理をしたのだと思い、しかも久し振りの贅沢な車室に安らぎを覚える。

　アルフレートはついに仮面を脱ぐ時が来たと思い、本来の上流社会のシックないでたちに戻るが、彼の身分を知って悲しむこの下町娘《メーデル・アウス・デア・フォアシュタット》に経済的援助をしてやろうと思う。もちろん同じ日に、ヨゼフィーネも本当の姿に戻り、こうしてふたりの名優は素顔を見せ合うことになる。お互いに演技を褒め合い、しばらく足の遠のいていた上流階級だけの行楽地や高級レストランに車を走らせ、ふたりで高級避暑地ディープへの旅行を計画する。しかしこうした新鮮さはすぐに色褪《あ》せるだろう。アルフレートのテーオドアへの最後の手紙には、こう記されている。「あさってにはもう彼女は僕に不貞を働くだろう。あさってと言ったからといって、僕をオプティミストだと思わないでくれたまえ。あしたは汽車の中で、彼女の浮気するチャンスはないんだからね」。

『小さな喜劇』にみる階級差

　人間は生涯、神に与えられた役を世界という劇場の中で忠実に演じなければならない。これがバロック演劇の伝統に従って書いたホーフマンスタールの『ザルツブルク大世界劇場』のテーマである。第一次大戦後の革命運動を反映するかのように、ホーフマンスタールのこの劇では乞食の役を与えられた人間がその役割に不満で反抗しようとするのだが、突然回心して生涯その役を忠実に演じ終わり、神の祝福を受けるという着想をつけ加えた。

しかし『小さな喜劇』の人物たちはどうだろう。満ち足りた生活の倦怠《アンニュイ》から脱しようとした男女が新鮮さを求めて貧乏人ごっこを演じるが、喜劇が終わった後に待ち受けているのは悲劇でしかなく、その悲劇を回避するためにアルフレートは、一幕の終わりで楽屋裏に消えるつもりだと宣言している。しかしこの退廃とデカダンスの生活のどこに逃げ道があるのだろう。

この作品から知られるのは、すでに服装からして一目で階級が顕在化してしまうという当時の社会である。劇場のボックス席と天井桟敷のように、乗り物にさえ区別がある。上流階級に戻った彼らの乗り物はフィアーカーと呼ばれる辻馬車である。下層階級も馬車に乗ることはあるか、これは一頭立《アインシュペンナー》てもしくはコンフォタ一ブルと呼ばれる安馬車であり、この差は今日のハイヤーとタクシーの差どころではないようである。一九世紀末までは、最低の乗り物としてふたりでかつぐ「かご」さえあった。(アインシュペンナーはまたウインナーコーヒーの一種の名でもある。)

線《リーニエ》の辺りから緑地《グラシ》に出て行くのが下層階級の行楽であるが、コンスタンティン丘などは上流階級と旅行客(当時は金満家のみ)しか行けない場所である。プラーター遊園地でも、ウァステルプラーターと呼ばれる地区は下層階級向けの安いダンスホールや芝居小屋や飲食店街があったところのようだ。貧乏人の演技をするこの作品の登場人物たち自身は社会的な問題に全く関心がないが、それは作者に社会性が欠除していたことにはならないのである。

日記・手記・遺書などの形式

書簡体形式とやや趣を異にするのが、個人の日記、あるいは特定の読者を想定した手記、遺書という形式である。自殺する男の遺書の形式をとっている『アンドレーアス・ターマイヤーの遺書』（一九〇〇年）は、晩年の遺作『文学者の遺書』（一九三二年）と形式は似ているが内容は異なる。公務員ターマイヤーの妻が黒い肌の子どもを生んでしまった。当時プラーター遊園地でアシャンティ（現在はガーナに属する）の黒人グループの客演が話題となっていたことが背景にある。彼は妻の姦通行為を認めようとせず、妊娠中の女性が黒人を見て抱いた恐怖感がこのような結果を生んだことを、さまざまな文献によって立証しようとする。自殺は、彼が妻の貞節を信じていることを、死を以て示そうとする騎士的な行為である。しかし、この奇矯な行動から垣間見えるのは、偏狭なウィーン社会の側からの隠然たる圧力であり、彼と彼の妻の体面は、彼の死によってしか償えないことが明らかになってくるのである。

ワルツとワインとワイバー（女たち）という華やかで明るいウィーンのイメージは、実は偽善的、欺瞞的なモラルの支配しているウィーンの恥部を隠そうとするものであったことが、シュニツラーの多くの短篇からも読み取れる。だが、こういう部分は日本ではとくに読み落とされていたように思われる。『息子』も日記体小説といえないことはないが、『ラゴンダの日記』（一九〇五年）などは、むしろ遺書といってもよいだろう。シュニツラーの短篇はおびただしい数にのぼり、多くの佳品に触れないままにしなければならないのは残念だが、他の事項との関連の中で触れる機会を求めていきたい。

エロスの戯曲『輪舞』

『輪舞』の対話

シュニツラーの作品の中でも最もエロティックな『輪舞』は、一八九六年の一二月の末から九七年の二月末にかけて書かれたと推定されている。作品が誤解されることを恐れた彼は、一九〇〇年に私費で二〇〇部を印刷し、友人に配布しただけであった。

『輪舞』は日本でも戦後フランス映画を通じて有名になったので、原題のドイツ語『ライゲン（Reigen）』よりも、フランス語の『ル・ロンド（Le Ronde）』の方が通りがよいかもしれない。次々に相手が替わり、一巡すれば元のパートナーと出会うという舞踊形式に従ってドラマを進めていくという、着想からして粋である。職業も身分も違う五人ずつの男女が次々に相手を替えていくから、一〇組のペアの性愛の場面が演ぜられる。一〇人をその順序に従って並べると次のようになる。

娼婦 —第一景— 兵卒 —第二景— 女中 —第三景— 若様 —第四景— 若い人妻 —第五景— その夫 —第六景— おぼこ娘 —第七景— 詩人 —第八景— 女優 —第九景— 伯爵
（龍騎兵大尉） —第一〇景— 娼婦

第一景に登場した娼婦が終景の第一〇景で伯爵の相手をつとめるから、これで輪が完結するわけである。第一〇景を除けば、すべての場面に必ず性の交わりを暗示する部分があり、それは——という記号で記されているから、舞台ならばそこを暗転にすればよい。一九七三年にオットー＝シェンクが監督した映画『輪舞』は台本には忠実であるが、性交の場面まで露骨に描写したために、煽情的な部分ばかりが強調されて、この作品本来の魅力が台無しにされてしまった。

この一事からもわかるように、『輪舞』はポルノグラフィーではない。セックスの場面が必要なのは、そこに辿り着くまでのさまざまな過程と交わりの後の行動様式の多様さを描き分けるためである。その多様さは各々の人物の背負っている役割演技によって規定される。行為者たちの多様さは、性行為の束の間だけ一点に収斂され、合一の後は再び無限の遠方に引き離される。最も親密で内輪な対話が交されるが、その言葉がおのずと話者の虚偽性を暴いていく。『輪舞』の対話はおそらくドイツ文学の中でも白眉のできばえといってもよいだろう。対話とは、もともとは相互の理解のためになされるものだが、ここでは饒舌になればなるほどコミュニケーションが成立しなくなる。饒舌の裏に隠されているのは、残酷さであり、感傷であり、媚態であるが、それは沈黙のうちになされるある行為に行き着いて終わる。行為の後の男女の態度の変化には、多様性にもかかわらず共通の部分がある。

『輪舞』のリトグラフ

滑稽な誤訳

会話のニュアンスを翻訳で追うことはかなり困難だが、それでも数年前に日本で上演された『輪舞』の舞台を見た時には腰を抜かすほど驚いた。第九景に登場する伯爵は、現役の龍騎兵大尉なのだからせいぜい三〇歳ぐらいであろう。哲学者とからかわれる彼は、融通がきかない気真面目な堅物であるらしい。その彼が午前中に女優の病気見舞いに訪問し、寝ている女優に強引にベッドに引きずりこまれてしまう。勿論彼も女優に気がないわけではないが、彼女と情事をもつならば、彼流のルールに従って、芝居がはねた後で女優を高級な料亭に招待し、気分が高まったところでベッドインという段取りを守りたいのである。ところが女優はそのようなしきたりに頓着せず、派手な龍騎兵将校の制服をほとんどむきとるように脱がせて思いを遂げてしまう。

この役は私が一番傑作と思っているマックス＝オフュール監督の映画（一九五〇年）では、全盛時の二枚目、ジェラール＝フィリップが演じている。日本の上演で驚いたのは、伯爵を七〇歳に手が届こうという老人として演じていたことである。何故こんなことが起こったか、それは演出者の罪ではなく、誤った翻訳にあることが後で調べてわかった。女優が石部金吉のような伯爵にからかい半分に言う「お若いくせにお年寄りみたいねあなた」というセリフが、

「伯爵のようにお年を召してもお若い方には」と訳されているのである。たしかに直訳すれば「若者ふうの老人」になるが、若いくせに年よりじみているという意味なのである。終わりのところでは、女優のセリフを「まあ、食えない年よりね」と訳しているが、これも意味からいうと「じじむさい人と思ってたら隅におけないのね」と訳すべきだろう。しかも台本に軍服でサーベルを下げているという指定があるし、貴族が老人になるまで軍隊にいれば、大尉のままでいることはあり得ない。日本の上演では「老」伯爵はフロックを着て、女優のパトロンという設定であった。

この伯爵の役が老人という誤りが最終景まで持ち越されるともっと珍妙なことになる。最終景では、伯爵は飲み仲間と泥酔して前後不覚になり、目がさめてみると淫売宿の娼婦のそばに寝ているのだ。娼婦はまだ寝ている。伯爵はようやくこの家に辿り着いた次第を思い出すが、娼婦と関係をもったとは思っていない。娼婦の寝顔はあどけなく無邪気で、娼婦とは思えない。娼婦が目ざめると、彼は目にキスをしただけで金を置いて出ていこうとする。清い関係なのに金はきちんと置いていくことにやや得意になりながら、伯爵は、「娼婦のところに来て何もしないで帰る自分のような客はめったにいないだろうね」と尋ねる。すると彼女は「そんな客はいないし、あなただって昨夜は例外ではなかったのよ」と答える。この確認は哲学者といわれる堅物の伯爵にはかなり辛いことであろう。だから、最後に家を出る時の「あの女の目にキスしただけならよかったんだがな。だったら粋なアヴァンチュールで済んだんだ……。ところがそうならないようにできてたんだ」という独白は、いろいろな含みはあるにせよ、後悔や自省の念が強いのである。

ところが伯爵を老人と誤解すると、とんでもない辻褄《つじつま》を合わせなければならなくなる。私の見た上演では、どうも不能コンプレックスの老人が、娼婦に昨夜はちゃんとすることはしたと言われて内心大いに喜ぶ、という演出になっていたような気がする。作品の中で年齢不詳に書かれている役をうんと老けさせり、若くしたりするというキャスティングが可能な場合はあり得るが、『輪舞』はそういう作品ではない。このような誤訳はともかく、『輪舞』の世界を微細なニュアンスに至るまで知ることはほとんど不可能であるが、一方では一九六四年のロジェ＝ヴァディムの映画化のように、完全にパリに物語を移してしまうことも可能である。しかしその場合には、原作を類型的にとらえるためにかなり大味な作品になってしまう。『輪舞』に出てくる具体的なウィーンの通りや店の名は、ひとつひとつが本来置き換えのきかない固有のものとしての意味をもっているからである。

第一景　娼婦と兵卒

第一景の場所はウィーンの北部のアウガルテン橋だ。ドナウ運河とドナウ河にはさまれた地区にもアウガルテン（庭園）があるが、アウガルテン橋は庭園よりもショッテンリングに近い橋で、この近くの兵営といえばたぶん市内にあるロスアウアー兵営だろう。この場はその橋のたもとで演じられる。娼婦も兵卒もウィーンの最下層に属する。客のつかない娼婦が、ただでもいいから、と兵営に帰る兵卒をひきとめ、家までついていく時間もないと言われると、河べりの草の中で済ませてしまう。そそくさと帰る兵士に、娼婦が管理人にやる心付けとして六クロイツァー銅貨をねだる。当時はアパートの居住者は合鍵をもたず、夜遅く帰ると入り口を開ける管理人に心付けをやらなければならなかったのである。その小銭さえ出し惜しんで去ってゆく兵卒に、娼婦は「このおけら《シュトリッツィ》、フーテン奴《ファロット》」と罵る。シュトリッツィはウィーン方言でのらくら者、何もしない男（Nichtstuer）の意味だから、性交はして金は払わない男への罵りとしては滑稽である。

第二景　兵卒と女中

次の第二景では、この兵卒が五クロイツァーでダンスもできるというスヴォボダの店から、プラーター公園の大衆娯楽場《ウアステルプラーター》に通じる暗い道に女中を連れ出してくる。彼女の方はまだ踊りたいのに、兵士は別の目的がある。女中は恐いから帰ろうとしきりに言うが、彼女にも下心があるらしく、抵抗は形だけ、二度も身を委ねてしまう。事が終わると兵卒は急に冷たくなり、帰らないと奥様に叱られるという女中の言葉も聞き流して、また店に踊りに戻ると言う。女中は彼が目星をつけている次の女の見当もついているが、送ってくれるなら踊りがすむまで待っていると言う。店に戻ると、兵卒はビールでも一杯やって待っていてくれと言い、予想したように「ふてくされたブロンド女」にダンスを申し込むのである。デリカシーを欠く粗暴な物言いしかできない下級兵卒が登場する第二景は、対話もひどく即物的で簡潔である。

第三景　女中と若様

第三景になると、この女中が勤めている家の坊ちゃんの相手になるので、階級の違う人物が登場することになる。夏の盛りで、両親は当時の上流階級の習慣通り、ウィーンの近郊の別荘地に行っている。夏は町中《なか》でなく別荘で過ごすのが上流社会の不文律である。若様は試験勉強のために女中とふたりだけで市内の家に残っている。これから来るシェラー博士とは家庭教師らしい。女中には勉強中と見える若様が読んでいるのは、実はフランスの小説であり、彼は女中が気になって読書にも身が入らない。これまでのところ、彼は性的経験は豊富でないらしい。というのは、次の景で初めて人妻との情事に成功し、自分がこれで一人前になったと満足の声をあげるからである。

ところで第三景では、若様はまだ初心《うぶ》なところを見せ、用もないのに何回も女中を部屋に呼びつける。女中は控えの間で情人である兵卒に手紙を書いているのだが、若様の情欲が抑えがたくなっていることをちゃんと承知して、可憐な小間使いの役を演ずるのである。彼女は恥ずかしがり、今ベルがなって誰か来たらとしきりに言う。まだ昼下がりである。若様は、実は夜中に女中の部屋を盗み見してもういろいろ見てしまった、ここも……ここも……と言いながら彼女を脱がせていく。「でももしベルが鳴ったら」というのが女中の最後のセリフで、「もうその話はよせったら。ドアをあけなきゃいいんだ」という若様のセリフの後に――――が挿入される。

この暗転はベルの音で破られる。ひょっとしたら前から鳴っているのに気がつかなかったのだろうか？　ともかくベルの音は、欲望を果たした若様をまた正気に帰らせてしまう。女中に閉めさせたブラインドも自分で上げ、愛情をこめて近寄ってきた女中に、ぴしゃりと「これからコーヒー店に行く」と宣言して出ていってしまう。しかし女中もてのひらを返したような若様の反応にショックを受けた様子もない。彼女は卓上から葉巻を一本失敬するが、前景の女中の相手の兵卒が情事の前も後も葉巻を吸っていたことを覚えている観客は、彼へのプレゼントだと思うだろう。この若様が、当時の上流の青年たちの勲章でもある人妻との情事に初めて成功するのが次の場面である。

第四景　若様と人妻

シュヴィント通り《ガッセ》（四区）にあるサロンというのは、どうもそういう目的で借りられる部屋らしい。上流の人々の情事のためだから、控えの間や天蓋ベッドつきである。女を待つ間に若様はいろいろ雰囲気をセッティングする。菫の香水のスプレーをやたらと撒き散らすから、情事の直前に人妻が「すごい菫の匂い」と言う時は観客の笑いを誘うであろう。接待用のコニャックに白い包の中身を入れるのは、強精剤か、催淫剤かもしれない。口にふくむマロングラッセは当時の最高級の菓子である。

ベルが鳴ってあらわれた人妻は、ヴェールを二重にかぶり、絶えず人目を気にしている。露見したら決闘の恐れもある情事なのだ。このサロンの怪しげな目的も知りながら恐ろしそうな芝居をし、五分で帰ると言いながら少しずつ身につけているものを脱がされていく。上流階級同士だから、手続きは煩雑である。人妻は若様に「おとなしくしている」ことを約束させ、このサロンに彼がすでに女を連れこんだことがあるかどうか尋ねる。

若様のセリフでわずかに本当と思われるのは「人生なんてこんなに虚しくて価値のないものです！　それに――とても短い、恐ろしく短い！　幸せはたったひとつ――愛してくれる人を見つけるってことです」というくだりだろう。

こういう虚無感はバロック時代以来ウィーンに根を下ろしているが、ここでは言葉のあやにすぎず、コニャックの効き目もあって青年の攻勢がはげしくなる。このサロンでは、次の間の寝室に連れこむまでの手続きが面倒で、ベッドに入る寸前まで相手を敬称の「あなた《ズィー》」で呼んでいる。靴を脱がせてもらうと彼女の方からベッドに入り、「冷たいわ」という。彼は「すぐに暖かくなりますよ」と警句を吐くが、女がその意味をすぐ悟って軽く笑いながらやや蓮っ葉に「そう思う？」と言うと、彼は鼻白み「それは言わない方がよかったな」と独白する。つまり、彼が期待している恥ずかしがりゲームをやめるのがワンテンポだけ早かったのである。まだ経験豊富な女の演技はしてもらいたくなかったのだ。でもそれを察した女がやさしく愛情をこめて「さあ、さあ、入ってよ」と言うので機嫌が直り、ようやくベッドインになるわけだ。

余韻をふくむ会話

事が終わっても、青年は人妻との初めての体験のせいか、まだ狂ったようだと愛の言葉を口にするが、本心では自分の行為が相手を本当に満足させたかどうかが気になっている。「気にしないでいいの」という婦人の言葉からは、青年が早く果てたらしいという推測も成りたつ。彼がスタンダールの騎兵将校たちの話を引用するのは照れ隠しかもしれないし、とくに「やっとふたりで過ごすことが叶った相思相愛の男女が、幾晩も一緒に過ごしたのに幸福のあまり泣くだけで何もできなかった」という話は、自分のセックスのまずさを弁解しているようにもとれる。というのは、「スタンダールはこういう時には騎兵将校はみんな泣くといったのだと思ったわ」という人妻の言葉に、青年が「僕をからかわないで下さい」と苛立つのを見ると、人妻のこういう時とは、セックス中という意味にもとれるからである。青年が「君は年中それを考えているような気がする、だからますます苛つくんだ」というのも、そのコンプレックスだろう。

人妻は最後にもいいお友達のままでいたいと言って男の気持ちをさらに逆撫でしておいて、帰る時間をはるかに過ぎたという。そしてあと五分だけと懇願する男に、「じゃじっとしていると約束して、でないとすぐ帰るわ」と言いながら、二回目の交わりに入ってしまう。

たぶん二度目は前よりも具合がよかったのだろう。男は「君と一緒にいると天国だ」というセリフを吐くが、女は帰る時間がさらに大幅に遅れたことに気づき、露見を恐れる気持ちが先行してしまう。「こんなことしてるとふたりとも破滅よ」と言われると男はひどく不快になる。しかし夫に嘘を言えという自分の言葉に、女が「何もかもこんな人のためだからするのよ」と言うとすぐ機嫌を直す。次の逢引の約束もできて彼女を送り出した後、彼はにっこりと微笑みながら、これでちゃんとした人妻と関係がもてたぞとひとりごつのである。

『輪舞』のリトグラフ

第五景　人妻とその夫

次の景はその人妻が自宅のベッドで本を読んでいると、若くはない彼女の夫がナイトガウン姿で入ってくる。彼は五年も結婚生活をしても今も惚れ合っていられるのは、情熱に溺れなかったせいだと言うが、妻よりかなり年上で地位も高い夫の言い訳ととれなくもない。間に友だちのような関係で暮らす期間を入れると何度もハネムーンが味わえるのだという賢《さか》しらぶった夫の口説から推して、人妻は欲求不満であることがわかる。このカマトトぶっている人妻の情事を観客はすでに前景で知っているのである。何も知らぬ俗物亭主は、愛についての俗説を長々とご託宣に及ぶ。結婚までは何も知らずに育った、良家出身の人妻のほうが愛の本質にとらわれない目をもっている。男は婚前にも性的体験を持たざるを得ないので云々という話から、娼婦の話になり、人妻はその話をさせようと、わざと娼婦を弁護したり、転落していくのも気持ちがいいんでしょうと言ったりして夫を刺激する。妻はさらに、夫の関係した女の中に人妻もいたか、と尋ねる。夫が心持ち不安になって、お前の友だちにそんな不貞を働く女性がいるのかと尋ね、そんな友達がいたら交際しないでほしい、なぜなら、堕落した女は貞節に対するあこがれを抱いているから、という。夫は、自分が昔ある女性を不幸にしたことを匂わせる。シュニツラーの他の作品から推測すれば、過去のある（つまり処女でない）女を愛しながら結婚にふみきれなかったというような話なのだ。この夫はまさに、純潔か否かが女の価値を決定するという価値観の所有者であることを暴露してしまっている。こういう話題が刺激になって、夫は久し振りに妻を抱くことになる。

行為の後に、妻はヴェネチアへの新婚旅行での初夜を思い出す。「あなたがいつもこうだったら、私を愛してくれているってことがわかるんだけど」という妻のセリフは、裏を返せば、あなたのせいで不貞を働いたという方向で自分の情事を正当化しているのである。夫は、敵の中で生活のために戦っているような男は、いつも愛妻家でいるわけにはいかないと言い、でもそのお蔭で五年経ってもまだ新鮮に初夜のことを思い出せるのだと言って、自分が妻を構わないことの弁解にする。こうして平和な家庭劇は幕を閉じるが、内実は「火宅」といってもいいようなものだ。こんな夫がコキューにされていても観客は誰も同情はしないだろう、それにこの善良なる夫氏は外ではなかなかの発展家なのである。

第六景　夫とおぼこ娘

次の景は、リートホーフという八区にある料亭（『ベルンハルディ教授』にも出てくる）が舞台だが、情事も可能な特別室《キャビネ・パティキュリエ》で有名だった。前景の夫が街頭でおぼこ娘《ジューセス・メーデル》に声をかけてこの料亭に連れ込んだところだ。このおぼこ娘こそ、現代的なちゃっかりした娘である。食事は終わったところらしいが、彼女は健啖ぶりを発揮し、まだデザートの菓子にかぶりついている。中年男が「あなた」はやめて「君、僕」でいこうと言い、キスを求めると、娘は「図々しい人」と言いながら全然拒まない。後の会話はどちらも嘘で塗り固めたものである。男の方は、娘の誘惑があまりに簡単に成功してしまったので少し不安になり、なぜ自分について来たか知ろうとする。娘の方は、自分が男に声をかけられればすぐに特別室までついてきてしまうような女ではないことを強調しようとする。会話は思いたいことと思わせたいことが結局は一致するような方向で進行してゆく。娘はこういう特別室に入ったことがあるかと聞かれると、まず「本当はあるわ」と答えて男を鼻白ませ、その後で女友だちとその許嫁と一緒に入ったのだと言う（彼女はこの手の嘘を次の場でも使う）。声をかけられてついてきたのは、「彼が驚くほど別れた男に似ていたから」と言い、「帰らないと母に叱られるからそろそろ帰りたい」と言う。そこで中年男は、根ほり葉ほり娘の家庭のことを尋ねる。娘は嘘八百の家族や兄弟の話を並べたてながら、男が別れた恋人に似ていると繰り返し、カールという名を聞くと名前まで同じだと言う。そのうち娘は「ぶどう酒の中に何か入れたでしょう、立てなくなった」と言う。中年男は、むしろ酔って立てなくなったという娘に誘いこまれて事に及んでしまう。

終わった後、恐らくは狸寝《たぬき》入りをきめこんでいる娘の「寝顔」を見ながら、男は急に警戒心を抱き、「どんなあばずれかわかったもんじゃない、不注意だったかな」と呟く。娘の方は心得たもので、自分は本当は知り合ってすぐこんなことになる女ではないと力説する。帰る時間を気にするのは今度は男の方で、「こんなに遅く帰っても母親は平気なのか」と尋ね、とても慎重になって、「自分はウィーンには住んでいない、グラーツから時々出てくるのだが、ウィーンに来たら会おう」

と言う。突然「結婚しているの」と聞かれ、男は肯定してしまうが、「どうしてそんなことを聞くの」という問いに、娘は「ウィーンに住んでいないなどと言い出す男は妻帯者に決まっている」と言う。「でも君は妻帯者に不貞を働かせても良心は痛まないだろう」という言葉に、「あなたの奥さんも同じことを言ってるかもしれない」とやり返されて男はひどく腹を立てる。娘は怒った男の機嫌を直そうとする。それから彼が婉曲《えんきょく》に、自分の囲い者にならないかと提案する。娘が彼にしなだれかかるのは暗黙の同意のようで、すべては馬車の中で決めようと言ってふたりは料亭を出る。

第七景　おぼこ娘と詩人

次の景で出てくる娘は、もう例の男の世話を受ける身になり、その上で詩人と付き合い始めたようでもある。詩人はこの娘を無知で可憐なおぼこ娘と勝手に理想化している。郊外の小川を三時間も散歩して別荘に連れてきたのは、彼なりの手続きである。詩人の理念の中では、この娘は無知であるからこそ美しい。「ああこの神のごとき無知」と呟きながら、手帳に詩想を書きつける。愚かなのは詩人の方である。闇が迫り、詩人はほとんど見えなくなった彼女を確認するためと称して唇を奪う。彼女を脱がせていくしぐさが詩人の場合に最も情感がなく、ほとんど職人的でさえある。劇作家として多少名が通っている彼の、ペンネームを明かして娘を驚かせるという楽しみは、例の事の済んだ後にとっておく。

ところが、事後に自分のペンネームを名乗ってみたが、娘はそんな作者の名など全然知らない。詩人が思いを遂げるまでペンネームを名乗らなかったのは、作家という名声によってではなく、掛値なしの男性として娘を征服したかったかららしい。いささか失望した彼が、今度は気を変えて、「作家とは嘘で自分はただの生地《きじ》屋の店員で夜だけ演歌のピアノを伴奏している男だ」と嘘を言う。二、三週間一緒に旅行してそれから別れよう、という一見ロマンティックながら大変虫のいい提案には娘は乗らず、今から別れの話などしたくないという。この劇作家が実生活で描こうとした「純粋な愛」というシナリオは、この愚かな町娘相手ではすべて外れてしまうのだ。娘と次の約束をする時、また作家のビービッツの名を持ち出して、芝居の切符をあげると言いながら、ビービッツはやはり自分ではなく友達だと言うのは明らかに後腐れがないようにという配慮なのだが、娘の方は彼の正体がわからなくなる。

第八景　詩人と女優

次の場での、この詩人（劇作家）と女優の関係を見ると、なぜ詩人がおぼこ娘との愛を求めたかわかってくる。ビービッツがブルク劇場で上演された作品を書いたのは事実だから、この女優もウィーンの劇界では最高のブルクの主演級の女優であり、高等娼婦としても最高のランクにある。しかしその座を確保し、最高のパトロンを手に入れるためにはつねに主役の座をキープしていなければならず、功利的に劇場支配人（ブルク劇場では、ドイツで普通使うインテンダントではなく、ディレクトーアを用いる）、演出家、作家にも身を売る必要が出てくる。だから詩人は、女優が本当に自分を愛しているなどとは思っておらず、ふたりとも互いに演技していることを完全に意識し、だからこそ愛の演技を完璧に演じおおせようとするのだ。

舞台は近郊の鄙《ひな》びた旅館だが、こういう商談（情事は役の取引きだ）にも使われるのであろう。部屋に入った冒頭から、女優は敬虔な祈りの仕草をし、「私は神を信じない青白き悪党とは違うのよ」と言う。ウィーンから二時間で来られるこの自然の中に、ふたりはどちらからともなく誘い合って来たのである。女優の過去の情事など周知のことだから、彼女は初めから前の愛人フリッツとここで暮らしたこともあると言う。愛の前歴は刺激剤となる。ベッドインの手続きも面倒で、今回は彼女が窓から呼ぶまで、詩人は下の通りを散歩していなければならない。

典型的なのは、行為に入る前の不貞問答である。女優がまず詩人に「私とこうしているとあなた誰かに不貞を働くことになるの」と尋ねるのは、妻のいない遊民でも特定の女性と深い関係にあれば、他の異性交遊は不貞になるということだ。女優は「気にしなくてもいいのよ、私だってある人に不貞を働いていることになるのだから」と言う。女優は現在の自分の情人を当てさせ、相手の興味を起こそうとしている。「支配人か」という問いに対する「私はコーラスガールじゃないわ」という答えからは、大部屋女優が出世のために支配人と関係をもつことも日常茶飯事になっていることがわかる。「相手役の男優か」と聞かれると、彼はホモだと否定する。最後には詩人が「君が不貞を働いているのは実は僕に対してではないか（僕こそ君の本当のプラトニックな愛人）」と言い出すが、メルヘンみたいな馬鹿な話はやめてと一蹴される。こうしてやっとベッドインになる。

女優の一声は「このほうが馬鹿げた芝居に出るよりずっとすてきだわ」であり、「どう思う」と聞かれた詩人は「僕に言わせれば、時々まともな芝居にも出れるってことは悪いことじゃないと思うね」と答える。どうやら詩人の劇が今上演中のようである。詩人は女優が一昨日、病気でもないのに休演したのはなぜか尋ねる。すると女優は「劇場のみんながあなたを尊大だと言っているので、怒らせてみたかっただけなの」と言う。女優は劇場では彼女を陥れようとする敵に囲まれ、突っぱって生きているらしい。詩人は女優に自分を愛していると言わせたがる。証拠がほしいのかと女優に言われて、そもそも証明なんかできることはないさと強がる。女優は私が愛したのはひとりだけと言って、詩人を抱きながらわざと「フリッツ」と前の恋人の名を呼ぶ。

『僕の名前はローベルトだよ。今フリッツのことを考えてるとすると僕は君のいったい何なんだ」。

「気まぐれの相手よ」。

「結構、ちゃんとわかってますよ」。

「ねえ、あんたってまるでプライドがないの？」

「なぜプライドがなきゃいけないんだい？」

「あなたにはプライドを持つ理由があると思うからよ」。

「ああ、それでか」。

持ち上げたり落としたり、手のこんだ話術である。

最後に女優は、昨日は最高の演技をしたつもりなのに、作者である詩人が何も言ってくれないことをなじる。昨夜は詩人は見に行かなかった。一昨日の休演が頭にきたせいだ。女優は、一昨日はあなたに恋こがれて、本当に四〇度の熱を出したのだという。「浮気にしちゃお熱が高すぎるね」と詩人が応じる（最後の部分を理解するには、「一昨日は君は休演したろ。全然病気でもなかったくせに」という前の部分が大事なのだが、ここを誤訳しているケースも多い）。女優は最後には、フリッツなどは奴隷船の囚人になればいい男で、本当に好きなのはあなただと言う。

第九景　女優と伯爵

この女優は、作家をつなぎとめておきながら、一方で目下新しいパトロンを物色中で、その白羽の矢が立ったのが、哲学的に考えこむところのある、若いくせに老けた感じの伯爵（龍騎兵大尉）である。前述のように彼を老人と誤訳したもうひとつの原因は、彼が一〇年も辺境の連隊を転々としていたという部分であるが、貴族は二〇歳にもならないうちに士官になるのだから、まだ三〇歳前ということもあり得る。

彼はずっと地方に飛ばされており、中央に転属になったばかりだから、まだウィーンの社交生活に慣れていない。そこで女優は仮病を使って伯爵を見舞いに来させ、彼を強引に新しいパトロンに獲得しようとしたのだ。初めは気分を重視していた伯爵が、関係をもった後は、終演後劇場に迎えに行って食事に招くという初めの提案をいつの間にか明後日に延ばすというので、伯爵の方もいくら世間知らずとはいえ、そうやすやすとパトロンにはなりそうもない。

第十景　伯爵と娼婦

最終景でこの伯爵が泥酔して淫売宿で目ざめ、初景の娼婦と出会うことによって最上層と最下層が結びつくことになり、サークルが完結する。この伯爵は堅物で、同僚の将校たちが悪ふざけを企み、彼を酔わせて安淫売宿にほうりこんだらしい。目ざめた伯爵は冒頭で一ページたっぷりの独白を行うが、彼がよくいえば内省的思弁的、悪くいえば無内容なことを思いつめる《グリューベライ》タイプであることを示している。彼の思考は、狭い社会や道徳規範の枠の中で堂々めぐりをしているに過ぎないのだ。

彼は娼婦に言われたように、門番に心付けをやらずにすむように、部屋の掃除に入って来た娘にだけ心付けを与えて忍び出る。掃除の娘に「今晩は」と言うと「お早う」と訂正され、「ああ勿論そうだった……お早う、お早う」と言いながら、彼は淫売宿を後にする。すでにウィーンの下町に朝の光がさしている。

かつて劇作家ブレヒトは、二三景からなる自作戯曲『第三帝国の恐怖と悲惨』を「ナチス政権下のドイツ国民の生活行動の一覧表」と言ったが、『輪舞』は「世紀末ウィーンの住人の性的行動の一覧表」と言ってもよさそうである。登場人物はある意味では類型だから、固有名詞をもたない（劇の中では名前を呼ばれる）が、一方ではこの類型人物が他人と交換しがたい個性をもっている。ここがこの対話劇でシュニツラーの示した稀有の手腕でもある。行動様式も話法もそれぞれの階層の差をみごとに表出している。とくに下層階級の人物をもヴィヴィッドに描き出すことができたのは、医師という職業を通じての接触があったからであろう。

このエロスの戯曲の次に書かれるのが、自然主義的といえるほど綿密に書きこんだ社会劇『遺産』であって、一作おきというルールはここまではきちんと守られている。

『輪舞』上演の背景

『輪舞』は検閲の厳しい当時にあっては、初めから上演の可能性は考えられなかった。何景かだけを上演したケースがミュンヘンにあるが（一九〇三年）、完全上演は検閲が緩和された第一次大戦終了後を待たなければならなかった。初演は完成後二三年を経た一九二〇年一二月に、ベルリン小劇場で行われた。ウィーンでは二一年二月に民衆劇場で初演されたが、上演反対の妨害事件が起こったために禁止された。ベルリンでも二月末に劇場騒動が持ちあがった。一一月八日、世間に騒擾を起こしたというかどで起訴されていたベルリン小劇場と演出家スラデークは、無罪になった。シュニツラー自身も、『輪舞』になすりつけられた罪状に対する弁明を発表したが、誤解を除くことはほとんど不可能だと考え、以後作品の上演を禁じた。

従って『輪舞』はシュニツラーの版権が消滅する一九八二年（死後五〇年）まで舞台にかからなかったのである。映画化の方が先に行われ（実は一九二〇年のサイレント映画さえあるが）、一九五〇年のオフュール監督作品、七二年のヴァディム監督作品が有名だが、後者の劇の終わりを第一次大戦の開始日においた台本は、フランスの劇作家ジャン＝アヌイが書いたもので、原作とはかなり違ったものであることを付言しておく。

II　三つの自然主義的社会劇

婦人問題のテーマ――『メルヘン』――

テーマ劇『メルヘン』　シュニツラーの作品で最初にウィーンの劇場にかかった作品は、およそシュニツラーのイメージには合わない社会的テーマ劇『メルヘン』（民衆劇場初演一八九三年一二月）であり、上演はみじめな失敗に終わった。

作品の質を問うよりも、我々の興味をひくのは、シュニツラーが『アナトール』とほとんど同時平行的に、イプセンの『人形の家』以来アクチュアルなテーマとなった婦人問題を真向から取りあげていることである。シュニツラーはイプセンを尊敬しており、一八九六年に外遊した時には、イプセンをわざわざクリスティアニアに訪問しているほどである。この作品はまた、同年生まれの作家ハウプトマンのデビュー作と若干の共通点がある。結論を先に言うなら、『日の出前』の主人公ロートと同様、進歩的な世界観の持ち主であるはずの青年詩人フェードア＝デンナーが、実際の行動においては全く自分の信念を裏切ってしまう挫折者である点だ。

『アナトール』と『メルヘン』を比較してみると、一見してその手法が別人のように違っているのに驚かされる。前述したように、『アナトール』で登場する人物たちはすべて類型《タイプ》であり、はっきりした強い個性の所有者は登場しない。真実が曖昧であるように、登場人物たちの性格の輪郭もぼやけており、つかみどころがない（そこが印象主義的と呼ばれる一因である）。登場人物が姓をほとんどもっていないのも、個性の欠乏を示す。登場人物の性格的属性は一切剝奪されているから、我々はアナトールやマックスが何を職業としているのかさえわからないのである。

徹底的な人物描写

『メルヘン』の最初のページ（人物表）を見ると、登場人物ひとりひとりについて細部にまでわたる指示があることに驚く。まさに徹底した自然主義劇の処方通りである。

「フェードア＝デンナー、作家、三〇歳ぐらい――落ち着いているが、その落ち着きは意識的に作っているところもあり、時折その作った表面からある種の苛立ちを見せてしまうことにもなりやすい。彼の怒りには、相手を傷つけようという意志よりも、むしろ深い苦しみの興奮が宿っている。

ドクター＝レオ＝ミルトナー、作家、二六歳、小柄、ずんぐりしている。顔は非常に知性的、眼ざしには苦悩が宿っている。着ているものは趣味はいいが、どれも彼には似合わない。彼の態度には、何かにとらわれているところと、同時にそれを克服しようとする強い意志が認められる」。

すべての人物にこのような記述がある。ヒロインのファニーの場合はどうだろうか。

「ファニー＝テーレン、女優、中肉中背、すらりとして、しなやか、大きく黒い瞳、動作には自然の優雅さが多く備わっており、ただ時々少し派手すぎるところと未熟なところが見える。陽気で若さに満ちた顔、ただ怒った時唇のまわりに嬌慢《きょうまん》な感じが漂う」。

三人の登場人物について、すべてこのような特徴的記載がある。ハウプトマンとの相似を示すために、『日の出前』の主人公アルフレート＝ロートの記述を見てみよう。

「ロートは中肉中背で肩幅が広く、ずんぐりしている。動作はてきぱきしているが、少しぎくしゃくするところがある。ブロンドの髪、青い目、薄いプラチナブロンドの口髭、顔全体は骨ばっており、それに釣り合ったまじめな表情を持つ。身なりはきちんとしているが、モダンというにはほど遠い」。

この外貌の細かい指示には、自然主義的な仕掛けがある。ロートは理想主義的な社会改革者であり、謹厳な禁酒主義者である。生真面目であるがどこか融通がきかず、幕切れでは、社会改革をめざすはずの彼が、彼に愛を捧げ、自分を泥沼のような環境から救い出してくれることを望んでいる純情な娘ヘレーネひとりさえ救うことができず、絶望した彼女を自殺に追いやる。こうした彼の、理想主義的な理念と現実の行動の挫折という矛盾を示す外見が「てきぱきしながら、ぎくしゃくした態度」という部分である。人間の動作や外見が、すでにその人物の挫折を暗示するように描かれているのである。

『メルヘン』の主人公フェードア＝デンナーも信念と行動の矛盾を露呈するという点で全くロートと同じであるばかりか、それは人物描写の「落ち着いているように見せながら、時々苛立ちがあらわれる」という指示によって暗示されている。

印象主義から自然主義へ

少なくともシュニツラーは、一八八九年にスタートした自由劇場の運動や、自然主義の旗手として登場したハウプトマンの『日の出前』を明らかに意識していた。そして自由劇場の創立にもかかわって、ベルリンに新風をもたらしたヘルマン＝バールが自然主義から印象主義へと視点を移す時期は、ちょうどシュニツラーが『アナトール』という典型的な印象主義的作品と平行して、自然主義的な『メルヘン』を執筆していた頃であった。また一九〇六年の『沈鐘』以後、新ロマン主義作家に一八〇度転向したと思われたハウプトマンが、『沈鐘』以後も『ローゼ・ベルント』を経て『ねずみ』に至るまでの自然主義的な作品を書き続けていったように、シュニツラーも『恋愛三昧』の成功以後も自然主義的な社会批判劇を書き続けるのである。

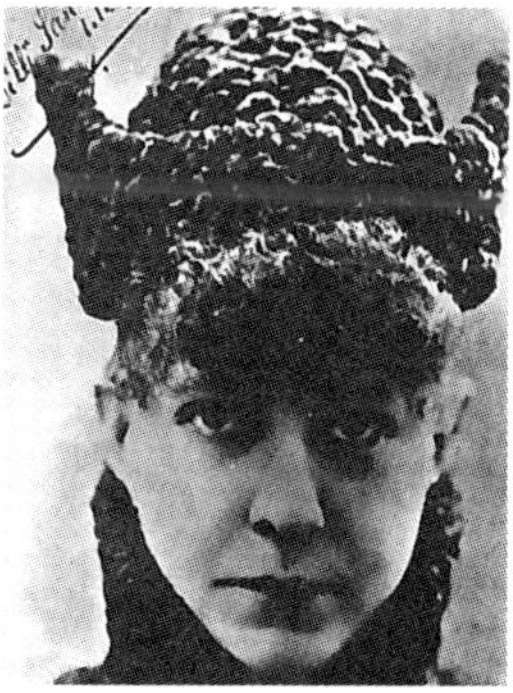

ファニーを演じた女優ザンドロック

「淪落の女」

『メルヘン』は典型的な女性問題劇であるが、ヒロインの女優ファニー＝テーレンが過去に処女を失ったために「淪落の女《ゲファレネ・フラウ》」と見なされる点では、『アナトール』の『記念の宝石』に出てくるエミーリエと同じ類型である。しかし、アナトールやエミーリエの軽さと比べると、フェードアもファニーも生真面目であり、その真剣さがフェードアを挫折させ、ファニーを新しい出発へと決意させるのである。

フェードアは進歩的な劇作家であり、婦人解放運動に共鳴し、女性を商品化して処女性だけを重視するような社会の風潮に批判的である。

過去があるために結婚をあきらめねばならぬ女性は、ただ「自然の性情」に従ったというだけで女性を指弾するような社会の犠牲者だと彼は思っている。

この信念を、彼はパーティの席上で披露することになる。パーティの行われるテーレン家は、上級階級でも下層階級でもない中間層で、未亡人とふたりの娘がいる。長女のクラーラは婚期を逸しているが、ピアノの教師をしており、四〇がらみのヴァンデル氏という小役人が彼女に求婚しているようだ。次女のファニーは女優として劇場でチャンスをつかみかけたところである。姉と違って彼女には過去があるらしい。母親は派手好きでよくパーティを開くが、画家や作家のほかに上級階級の連中も顔を見せる。しかし彼らがこのパーティに顔を出すのは、ファニーのように過去があってもはや正式の結婚はできないと見なされている女と、あわよくば後腐れのない関係をもとうという意図があるからだ。ファニーの先輩女優のアガーテと、女優志望の近所の小娘エミーが、ウィーンの社会で女優の占める役割を補足的に説明してくれる。

フェードアの理想論

今夜のパーティには、作家フェードアのほかに、同業者で親友のレオ、画家のローベルト、クラーラに執心の中年の役人ヴァンデル氏が訪れているが、後になって上流家庭の大学生ヴィッテが友人ベルガーを連れてやってくる。ヴィッテの兄は一時ファニーと婚約するのではないかと言われていたが、最近は顔を見せず、しかもまもなく結婚するという噂である。

作家のフェードアは、最近女優のファニーに恋愛感情に近いものを感じるようになったが、彼も知っているヴィッテの兄のドクトルがかつてファニーと関係をもっていたという噂が心に引っかかっている。そもそもこのパーティで「淪落の女」が話題になるのは、ちょうど劇場でそのテーマを扱った問題劇が上演される、という設定になっているからである。つまりウィーンでも、少なくとも一八九〇年初頭にはベルリンと同じように、イプセン風の社会劇が上演され話題になっていたことを暗示している。フェードアは、過去のある女はもう市民的な幸福な結婚をする資格がないという偏見を打破すべきだと説く。女性の過去の誤ちなどは一場の「メルヘン」として忘れるべきだ、という彼の主張が『メルヘン』というこの劇の題名になっている。

偏狭な市民社会のモラルを代表する中年の小役人ヴァンデルはそれに反対し、フェードアの意見は「社会の秩序を破壊する」危険な考え方だ、と主張する。それに対してフェードアは言う。

「我々には不自然を支持し、自然の欲情を罰する権利はありません。ある女性が過去に真実に自然に生きたということで、頭から軽蔑してその女性を閉め出してしまうような社会など、思いあがりも甚だしいと思います」。

しかし、フェードアの理想論が既存社会から見ると現実離れしすぎていることをたしなめる立場に立つのが、彼より年は若いが、世間に順応することを知っているレオである。彼は社会が虚偽のモラルの上に成立していることは認めながら、フェードアはユートピストで、彼が考えるような社会は決して来ない、と言う。

フェードアの悩み

この議論に耳を傾けていた「過去のある女」ファニーは、好意を感じているフェードアの熱弁を聞いて、彼との幸福な結婚の期待を抱いてしまう。フェードアは、女優のファニーに作家としてアドヴァイスを与えるという関係から、愛情に近いものを覚え始めていた。ファニーの過去の影のようなものに気づきながら、フェードアは、その夜の大熱弁によってファニーに大きな期待を与えてしまったのだ。パーティの散会の時、ファニーは当時の女性としてはかなり思い切ったことなのだろうが、フェードアの手をとり、彼女の方からその手にキスをする。その時からフェードアの苦悩が始まる。彼はファニーの愛を意識しながら、それゆえに彼女の過去が許せなくなる。ちょうどファニーは脇役ながら注目を浴びるには十分な役でデビューしたところだが、フェードアはその上演を見にも行かず、もう彼女の家のパーティにも顔を出さなくなる。

第二幕はフェードアの住居で、あれから一〇日以上も経っている。フェードアは訪問してきたレオに心の悩みを訴えている。炯眼《けいがん》なレオは、フェードアが結果的には女の過去を絶対に水に流すことはできないと見抜いており、「純潔な」「良家の娘」との結婚を勧める。

ファニーの訪問

レオの帰った後、ファニー自身が姿をあらわす。当時の習慣からいえば、結婚前の女性がひとり暮らしの男性の部屋を訪れるというのはそれだけでスキャンダルであり、よほど思いつめた行動である。フェードアに希望を託したファニーは、彼が自宅にもあらわれず、評判になった自分の舞台すら見に来ないので、思いあまって訪問したのである。フェードアはファニーを愛しているのだが、彼女の「過去」というトラウマから逃れることができないで懊悩《おうのう》する。そこに来客があり、姿を見られてはまずいファニーは別の戸口から姿を消す。あらわれたのは、大学の友人で医師のフリードリヒ＝ヴィッテであった。間近に迫った結婚式の招待状を届けにきた彼こそ、ファニーと関係のあった青年である。彼は香水の残り香や気配から、今までファニーがここにいたことを察する。ヴィッテはファニーとの関係を認めるが、その時点でさえすでにファニーは「過去」のある女だったと言い、ファニーには深入りしないように忠告する。

そこに、友人の画家ローベルトが、町娘の恋人ニネッテを連れて登場する。ふたりはこれからプラーター遊園地へ出かけるところで、フェードアを誘いに来たのである。快活なローベルトとニネッテとの関係には、悩み事など全くないように見える。ところが第三幕になると、ローベルトはすでにニネッテを紙屑のように捨てており、しかも良心の苛責をまるで感じない非情な人間であることがわかる。

フェードアが同行を拒んでローベルトたちを追い返すと、ファニーが再び戻って来る。彼女は戸口で客の帰るのを待っていたのだ。ファニーは過去の一切を告白して、それを「メルヘン」のように忘れてくれないかと懇願する。フェードアは、毅然としてすべての告白に耳を傾け、彼女を赦《ゆる》そうと努力する。この場はふたりの抱擁で幕になる。

ファニーの決断

第三幕は第一幕と同じテーレン家で、再びパーティが開かれている。今晩は姉のクラーラが、あの中年で俗物の小役人ヴェンデル氏と婚約する祝宴の晩である。女優になることを夢見ているエミーが、ファニーの成功を羨んでいるところに、フェードアやレオ、学生のベルガーなどが客として姿をあらわす。フェードアの気持ちは再びゆれ動いている。レオはお目付け役よろしく、フェードアのファニーへの愛着を絶ち切らせようとしている。だがフェードアは、女優として名をあげたファニーのところに、匿名の貴族から豪華な花が送りつけられた（勿論パトロンになりたいという意思表示だ）と聞くと、心が穏やかでなくなる。

ここで局面を一変させる来客が登場する。前から話題にはなっていたが、ファニーは興業師モリツキー氏から、現在の三倍くらいの給料でペテルブルクの劇場と契約しないかという話を持ちかけられていた。ファニーはフェードアとの新生活を期待してこの魅力的な申し出を断ったのだが、未練のあるモリツキー氏が、ウィーンを発つ前に今一度ファニーの翻意を促しに来たのである。彼は契約書を置いて家を出ていく。決断を迫られたファニーは、最終的にロシアに行くべきかどうかを、フェードア自身に尋ねる。フェードアの態度は煮えきらない。ファニーは、フェードアと結婚するためなら劇場の名声も放棄し、彼とどこへでも行くと誓いさえする。しかし、たとえ世界の果てまで逃れたとしても、フェードアはファニーの過去のトラウマから逃げられそうもない。

ファニーは、フェードアのこういう態度から一切を悟り、決然としてロシア行きの契約書にサインする。フェードアは世間の先入見を克服できず、ファニーは自立の道を歩み出すのである。

決闘のテーマ――『野獣』（禁猟期なしの獣）――

社会劇『野獣』

原題“Freiwild”（フライヴィルド）を『野獣』と訳すと、主人公が野獣的な男であるような誤解を招きやすい。ドイツでは狐のように、繁殖期には禁猟期間が設けられている野生の獣があり、その一方、常に自由に（フライ）捕獲してよい野生動物がいる。つまりフライヴィルドとは、いつ射殺してもいい、哀れな野生動物のことであり、野獣的なのはむしろハンターの方である。そしてこの劇では、冷酷なハンターは、ロートの小説にも出てくるような、生活がほとんど破産しかけている陸軍中尉であり、殺される犠牲者（野獣）はブルジョアの青年であるが、自由にハントできる女優もフライヴィルドと見ることができよう。

大都市の近郊の保養地（避暑地）で、避暑客を当てこんで夏場だけ開かれる劇場前の広場が一幕と三幕の舞台である。休暇中の士官や裕福な家の人々が避暑に来ているが、夏期劇場の女優は客寄せのためにそうした連中の情事の相手もするのが慣習だ。ところが、真面目に女優としての成功を考え、初めてこの劇場と契約したアンナ＝リーデルは、その習慣を知らない。彼女は、カリンスキー中尉の「夏場だけの情事」のためのしつこい求愛を拒否することで、この習慣に背き、劇場支配人を失望させてしまう。この町に住む唯一の知識人は、療養客の治療に当たっているヴェルナー博士であるが、彼の治療を受けていた裕福な身寄りのない青年で一時は画家を志していたパウル＝レニングが全快してウィーンに帰ってしまうと、もう患者がいなくなるようである。

決闘までのいきさつ

くわしくはわからないが、パウルとアンナはウィーン時代から交際していたらしい。ただしパウルの階級からいうと、身分がはるかに下のアンナとの結婚はウィーンの社会では不可能で、この身分差をふたりは初めから意識していたようである。彼は彼女の将来のいい相談役ではあったが、それ以上の関係ではなかった。この町で再会したが、医師ヴェルナーや彼と同じ階級に属するポルディなどは、勿論アンナをパウルの未来の配偶者とは考えていなかった。

ところが、そこにカリンスキー中尉が登場する。借金や不名誉な行為のために免職寸前の状況にあるこの男は（彼の友人ローンシュテット中尉はその件でここに来たらしい）、その絶望的な状況を忘れるための情事の相手としてアンナに目をつけ、しつこく彼女をつけ回す。劇場の支配人はこういう場合、上得意である士官の求愛を斥けることを苦々しく思っており、アンナに解雇をちらつかせる。それに義憤を感じたパウルは、次第に状況に動かされて、アンナを保護せざるを得ない立場に追い込まれていく。

カリンスキー中尉は、ローンシュテット中尉や龍騎兵少尉フォーゲルに絶対にアンナを今夜誘ってみせると豪語する。しかし、家まで訪問して剣もほろろに扱われて追い返され、その腹いせにアンナが心を寄せているらしいパウルにしつこくからむ。パウルは遂に自制を失い、「このガキ（Bube）！」と叫んで中尉に平手打ちを食わせる。事態は深刻になった。衆人環視のうちに市民から平手打ちを受けた士官の名誉は、決闘で相手を倒すことでしか回復されないのである。

決闘をめぐる人々の反応

第二幕は翌朝のパウルの住居である。市民側のヴェルナー博士とポルディが来訪し、決闘の場合喜んで介添えを務めると伝えるが、ふたりはパウルの口から意外な事実を聞かされる。パウルはすでにカリンスキーの介添え役のふたりの士官の訪問を受けたが、決闘の申し出を断ったというのである。カリンスキー中尉の振舞いは児戯に類したものであり、そんな子ども（ブーベ）相手に生命を捨てる気は全くない、というのが彼の決闘を拒んだ理由である。今日から見れば当然のパウルの振舞いは、当時の上流市民階級のコードからは到底受け入れられぬものであった。ポルディはそんな卑劣な男とは絶交する、と席を蹴って立ち、常識的なヴェルナー博士さえ、パウルの態度には批判的になる。

自分のことで決闘騒ぎが起こるかもしれないという噂を聞いたアンナが駆けつけてくる。アンナは、このスキャンダルが客寄せになることを知って急に態度を変え、アンナに主役をふると言い出した支配人の申し出を蹴り、契約を解消してウィーンに戻ることにした。しかしパウルの件を捨ててはおけない。パウルはアンナに、絶対に決闘は受諾しないし、自分もウィーンに発つつもりだと言う。しかし、カリンスキー中尉が何を企むかわからない。アンナを安心させるためにパウルは、ややためらいを覚えつつも、結婚の約束までしてしまう。そこへ再び、カリンスキーの友人としてローンシュテット中尉が訪れる。決闘をしないでパウルに去られてしまうと、カリンスキーの名誉は回復されず自決するよりほかなくなるから、中尉の子どもじみた決闘の申し出を受けてくれないかと頼みに来たのである。パウルはそんな行為のために、自分の死を賭する気はないと懇願を斥けるが、彼の心の中には微妙な変化が起こって来たようである。今はアンナと一刻も早くここを発つべきだと忠告しに来たヴェルナー博士に対して、突然彼はここに残ると言い出すからだ。自分の属する上流社会から締め出されることまで覚悟して決闘を拒否し、アンナと結婚する決心をしたはずではなかったろうか。

アンナの絶望

第三幕は再び夏期劇場の前の広場である。シュニツラーは脇筋のために高等娼婦らしい「純情可憐娘」の女優や、嫉妬深い道化俳優を登場させているが、彼らのエピソードはパターン以上には描かれてはいない。カリンスキー中尉は、パウルが逃亡しないように駅で見張っているらしい。決闘を受諾しない相手は、野獣《フライヴルト》のように射殺するつもりなのだ。ヴェルナー博士は広場に来たアンナとパウルに、馬車で次の駅に行き、そこからウィーンに戻るように勧めるが、決心を変えたパウルはアンナに「先にウィーンに行ってくれ、自分も必ずすぐに帰るから」と言う。彼がここに残ると言い出したのは、決闘を受け入れないにしても、ともかくカリンスキーから逃げ出さずに何らかの決着をつけたいというプライドが生まれて来たからのようだ。

結局彼は広場を立ち去らず、駅から戻って来たカリンスキーに出会ってしまう。行方を遮った中尉に彼は「どきたまえ」と言い、胸に手をやる仕草をした途端に、カリンスキーに獲物のように射殺される。この動作は彼自身もピストルを携帯していたようにもとれる。ローンシュテットがカリンスキーに向かって言う「これでよかったのだ」というセリフは、次にカリンスキーの白決を促す言葉ともとれる。この劇は、絶望したアンナの「私はどこへ行けばいいの」という叫びで終わる。

内容から見て、これが当時のウィーン演劇の観客層の中心をなしていた上流市民階級や軍人階級に不愉快なものであったことは容易に想像がつく。だから社会問題の提起を推進しようとする（たとえばベルリンの観客団体「自由劇場」のような）観客に支えられない限り、この作品が常套的な劇場で好評を以て迎えられないのは、初めから予測されたことだと思う。

社会の非人間性への批判――『遺産』――

『遺産』にみる階級差

社会劇『遺産』は、一八九八年一〇月、ブラームの演出でベルリン、ドイツ座の舞台にかかった。初演の観客、とくに天井桟敷の観客たちはこの作品の社会的なテーゼをはっきり理解し、歓呼して迎えたというが、これはどんな作品なのだろう。『遺産』は、階級差が厳然として存在していた時代にしか起こり得ぬ、「体面」を重んじる社会の非人間性を批判した社会劇である。

かつては日本にも身分の違いというものが厳然として存在し、上流階級の男性と正式に結婚できず、世間の目から隠れて生活している「日陰者」と呼ばれる女性がいた。それは必ずしも花柳界出身の「妾」ではない、堅気の女性の場合もあったのだ。

『恋愛三昧』の場合、我々は上流階級の青年の遊びの相手となる下町娘《ジューセス・メーデル》たちの、下層階級の世界から事件を眺めたわけだが、『遺産』では舞台は上流階級、経済学の教授で代議士でもあるアドルフ＝ロザッティの長男フーゴーの部屋に限られる。フーゴーはまだ部屋住みの身だが、実は下町出身らしいトーニという女性との間に四歳になる男の子フランツがいる。トーニの家庭のことはあまり触れられないが、市役所の小役人の娘らしい。下町には下町のモラルがあるので、堅気な父は娘が階級の違う相手と内縁関係をもち、子どもまでなしたことを許そうとせず、死の床にも娘を呼ぶことを拒否して死んだ一徹者であった。

部屋住みの青年が家庭には内緒で、つまり自分の小遣い銭で、内縁の女性と私生児を養うということは現在では考えられないが、階級の貧富の差はそれほど大きかったのだ。

『遺産』のあらすじ

すでに第一幕で、フーゴーは馬で町に遠乗りに出かけて落馬し、瀕死の状態で部屋に運び込まれてくる。そして自分の死を予感し、これまで友人のグスタフにしか洩らしていなかった秘密を、集まっている家族に打ち明け、自分に万一のことがあった場合、自分の息子とその母であるトーニをわが家に引きとってくれと頼む。家族は初めて知った事実に驚くが、とにかくトーニに急を知らせる。息子のフランツを連れて駆け込んできたトーニは、ようやく臨終に間に合っただけだった。しかし家族は、フーゴーの最後の願いを容れて、トーニとフランツを家に引き取ることにする。

この措置をとっただけでも、教授の家庭は同じ階級から白い眼で見られることになる。何軒かの懇意な家庭からは交際を絶つと宣言される。しかも病弱な息子フランツは、引きとられて一週間もしないうちに、この世を去ってしまう。家族は薄幸のトーニに同情的であったが、フランツが死んでしまうと、トーニだけを引きとる理由がなくなってくる。

トーニをなるべく早く追い出すべきだと最も強硬に主張するのは、長女のフランツィスカの許嫁であるフェルディナント＝シュミット博士である。上流階級の世間体に最もこだわるこの男は、実は下層階級の出身で、苦学力行によって医師に「成り上がった」人物なのだ。もともとこの家庭に入るようになったのは、死んだフーゴーの家庭教師をしていたからであり、従ってフーゴーと親しかった妹フランツィスカの婚約者としてはかなり年齢差があるはずである。しかし教授の彼に対する信用は絶大で、最後には彼の意見でトーニが家を追われることになる。教授は、多少の良心の苛責は、これから家を出てひとりで暮らさなければならぬトーニに慰謝料を払うことで、金銭的に解決できると考えるようになる。

時期はちょうど夏に入る頃であり、当時の上流階級は夏を別荘で送るのが習慣であった。フーゴーとその忘れ形見を一週間の間に失ったトーニは、全くよるべのない身になり、まだこのショックから立ち直れないほど衰弱している。これから避暑に出かける一家は、トーニも一緒に連れていくつもりであったが、影響力の強いシュミット博士の意見で、トーニに家を出てもらうことになる。シュミットが引導を渡す役を引き受ける。追い出されたトーニはこの先ひとりで生きてゆく自信を失い、恐らくは身投げするつもりで、書き置きを残して家を飛び出してしまう。この結末は、『恋愛三昧』のクリスティーネに似ている。この場合には、トーニが自殺しないという可能性はほとんど考えられない。それはシュミット博士が「ああいう女はわざと助けてもらうことを当てこんで水に飛びこむものだ」云々という悪意に満ちたセリフを吐くことから、かえってよくわかるのである。

『遺産』は『恋愛三昧』よりはるかに登場人物が多く、人間関係も複雑になっており、劇の技法としては手が込んでいる。

第一幕

複雑な人間模様

まずフーゴーの両親の教授夫妻である。妻のベティが教授である夫とほとんど人間的な交流がないことに気づき始めていることは、もし娘のフランツィスカがずっと年長のシュミット博士と結婚すれば、やはり同じような家庭を作るだろうことを予測させる。

死んだフーゴーには、妹フランツィスカのほかにルルーという一三歳の弟がいる。しかし妹よりも、フーゴーが打ちとけていたのは母ベティの早逝した弟の嫁、つまりフーゴーの血のつながらない叔母に当たるエンマ＝ヴィンターである。早く夫を失ったエンマはまだ三六歳で、一七歳の娘アグネスはひそかに従兄弟のフーゴーに思いを寄せていた。しかしエンマはまだ魅力的であり、フーゴーの父の教授は、エンマがフーゴーと相談役以上の近しい関係にあったのではないかとさえ思っていた節がある。

第一幕では、フーゴーが落馬して運び込まれてくるまでの間に、彼の友人のグスタフ、弟のルルー、母のベティ、叔母のエンマ、従姉妹のアグネス、妹のフランツィスカとその許婚と目されているフェルディナント＝シュミット博士が登場するから、観客にはこの導入部でフーゴーをとり巻く人物の配置がほぼわかるようになっている。そして落馬したフーゴーが運び込まれ、父親が呼ばれ、そこで瀕死のフーゴーが初めて両親にトーニと四歳になるフランツがいることを告白し、万一の場合の養育を頼むことになる。トーニと子どもを呼ぶことにはフェルディナントが難色を示すが、ようやく人をやってトーニと子どもが駆けつけた時には、フーゴーは意識を失い、そのまま世を去ってしまう。

第　二　幕
フランツの死

第二幕はフーゴーの死の一週間後で、トーニとフランツはロザッティ家に引きとられてフーゴーの家に住んでいる。兄が好きだったフランツィスカはトーニに非常に好意的で、ベティとエンマも偏見なしにトーニに接しているし、体面を重んじるロザッティ教授さえ初孫にはすっかり心を奪われて、好々爺ぶりを発揮する。そろそろ上流階級の人々が別荘に避暑に行く時期で、傷心のトーニも勿論一家と別荘に行くことになっている。

しかし、薄幸なトーニに差しのべられた救いを脅かす影が忍び寄ってくる。懇意にしていた上流階級のいくつかの家庭が、トーニを引きとったロザッティ家との交際を絶つことを婉曲に仄めかしてくる。そういう非難がくることを教授はある程度予想していたので、天使のようなかわいいフランツのために、「一家が結束して、（世間に対する）戦いを行わなければならない」と言う。フーゴーの死を契機に、のびのびになっていたフェルディナントとフランツィスカの婚約を公にしようという話が持ちあがるが、そのフェルディナントは依然としてトーニを家族の一員として迎えることに反対する。それに対して、ベティとエンマはトーニを擁護する。フランツィスカもトーニに同情的である。だがフェルディナントは、大学の助手時代に、偶然にもトーニの父の臨終を看取ったことがあり、一徹な父が、フーゴーと内縁関係をもったために勘当したトーニを死の床にも呼ばなかった話までして異議を唱える。

教授は、同僚のビーバー教授の訪問を受け、はっきりと絶交を宣言される。娘同士の付き合いもやめてくれといわれる。こういう状況の中で、生活環境が悪かったために虚弱に生まれついたフランツの容態が急変し、この幕の終わりで死んでしまう。

第三幕
フランツの死の波紋

一週間後、フランツの野辺送りを済ませた一家は別荘に避暑に出かけようとしているが、フランツの死によって、トーニがこの家庭の一員になることは難しくなってきた。トーニは、昔から事情を知っていたフーゴーの友人グスタフがこの家に別れを告げに来た時、彼に向かって不安を打ち明ける。フェルディナントに説得された教授も、トーニに生活費、慰謝料のようなものを払えばいいだろうと納得してしまう。その措置に驚いたトーニの同情者であるエンマは、もしロザッティ家でトーニを追い出すならば、自分が家に引きとる、トーニは今の状態ではとてもひとりにしておけないと強く発言する。ようやくトーニの救い手があらわれたと思われた時、エンマの娘アグネスが家にトーニを引きとることに猛反対する。フーゴーに少女らしい思いを寄せていたアグネスには、フーゴーがトーニと子までなした仲であったことを知ったのは大変なショックであった。それでもフーゴーの面ざしを回想させるフランツが生きている間は、トーニに和解的な気持ちをもっていたが、今母がトーニを引きとると言い出した途端に、それを頑なに拒む。エンマもひとり娘にこのように反対されては、トーニを引きとることをあきらめざるを得ない。

第四幕　破局まで　トーニに最後の宣告をする役はフェルディナントが引き受ける。そして教授は、一家が別荘にいる間、落ち着き先が見つかるまで当分この家にいてよいこと、生活費の面倒は十分に見ることを約束する。

これがトーニにとって死の宣告に等しいことを、彼は気づいてはいなかった。帰宅したフランツィスカは、トーニに残酷な仕打ちがなされたことを知って抗議するが、父と許婚に言いくるめられる。その間に、トーニは「私の後は追わないでください、もう手遅れです」という書き置きを残して、家を飛び出している。悲劇はもうとどめようがなく、劇はフランツィスカの「あの人にもっとやさしくすべきだったのよ！」という悲嘆で終わる。

何といっても憎まれ役は、フランツィスカの許嫁フェルディナントである。エンマと言い争った彼は、将来の妻になるフランツィスカに、あのような「別の世界」の出の女トーニが近づくことは許せないと言い、次のようなセリフを吐く。

エンマ　別の世界って？

フェルディナント　あえて別の世界と言いますよ。我々ブルジョア階級の生活の一切の秩序の基盤である掟などまるで通用しない世界です――そこでは人間はしたい放題をするのです―

――良心も痛めず後悔もせずにね！　あの世界の出の女が、フランツィのそばにいることなど到底堪えられません。

このフェルディナントがトーニと同じ階級から成り上がって、克苦勉励によって今の地位に辿り着き、自分の今の地位を守ろうとするのは、シュニツラーの皮肉といえぬこともない。

III　多彩な作品群

一幕物のチクルス

一幕物にみる対話

これまで辿ってきたシュニツラーの作品を見ると、自然主義的な社会劇は多幕構造をもつ一晩ものだが、『アナトール』と『輪舞』はそれぞれの場面が独立しており、一幕物のチクルスという観を呈している。円環構造をもつ『輪舞』は単独の場面を抜き出しては上演しにくいが、『アナトール』の各場はしばしば一幕物として上演された。

シュニツラーは、一八九四年から一九一〇年の間に集中的に一幕物を書いている。一九〇五年の演出家オットー＝ブラームに宛てた書簡を見てみよう。

「一幕物のチクルスはわたしの本性に深く根ざしているようです。……わたしの劇の各幕の中には、わたしの多幕物の劇が全体としては成功しなかった「まとまった劇」の形をみごとに示しているものがたくさんあります。きちんとした順序に並べられたネックレースのチェーンの輪ではなくて、わたしの各幕は、多かれ少かれ、一本の紐で数珠つなぎになった石のようなものです――くさびのように前後がきっちり結び合わされているのではなく、数珠のようにただ隣り合わせに並んでいるだけなのです」。

それぞれの幕が分かれて自立しうる、ということは、劇的なプロット（筋＝行動）よりも心理分析的な対話が中心となっている作品の場合にとくに顕著である。

『神経過敏な人物』と『一時半』

こういう一幕物は『アナトール』の時期から絶えず習作的に書き続けられている。一八九四年作の『神経過敏な人物』は、「彼」と「彼女」の対話である。人妻である「彼女」は、情人の「彼」の子どもを宿し、ある決意をした。ところが「彼」の方は、その子を夫の子にしてしまえばよい、と言う。「彼女」に夫と長らく関係を拒んでいることを言われると、ではまた関係をもって情事が露見しないようにしてくれと言う。女はあきれはて、男の横面を張り、飛び出していく。残された男は、神経過敏になっているから仕方がない、「でも結局はおれのいう通りにするだろうさ」と独白する。恐らくはその見込み通り、彼女の方も安直な「人生の虚偽」の方を選ぶだろう。

『一時半』（一八九四年）も「彼」と「彼女」の対話劇である。『輪舞』はただ一夜の愛だが、これは毎夜の愛だ。彼はまだ独身は守りたいが、その自由のために彼女を毎日仕事が終わった後に訪れねばならず、引きとめられて必ず深夜になってしまう。勤め人らしく、八時に起きて夕方まで働き、六時に彼女を訪問する。夜中の一時半に彼女のベッドでまどろみから醒めた彼が、引きとめる彼女のもとを苦心惨憺して立ち去るまでの情景である。この時間になると馬車はつかまらず、家まで歩いて帰らねばならない。彼の住んでいる建物の門番は耳が遠いので、夜中だと家に入れてもらうまで一五分もベルを鳴らしていなければならない。

この一幕物の結末は小説のようだ。シュニツラーはあまり上演を意識していなかったらしい。というのは、最後に彼が自分の住居に辿り着き、偶然門番が表の扉を施錠するのを忘れていたため、無事に家に入れることがわかって「幸せそうな微笑が彼の顔に浮かぶ」という小説的な書き方をしているからである。彼女との関係は今や地獄で、自分ひとりのベッドにすぐ潜りこめるという僥《ぎょう》倖《こう》が今の彼の「幸せ」なのだ。

韻文の歴史劇『パラツェルズス』

『遺産』の直後に書かれた三つの一幕物劇はそれぞれ作風が異なっている。『パラツェルズス』（一八九八年）は処女作以後書かなかった韻文の歴史劇、『伴侶』（一八九九年）は現代の心理分析劇、フランス革命勃発の日のパリを背景にした『緑のオウム』（一八九九年）はグロテスク劇という新しい試みである。

パラツェルズス（一四九三〜一五四一）は実在人物、医療も行う自然哲学者で、バーゼル大学の教授となったが、古い医学を否定したために大学を追われ、放浪生活に入った。暗殺されたともいわれるこの人物の数奇な運命を、イギリスの詩人ブラウニングやナチス時代の作家コルベンハイヤーも作品化しているが、シュニツラーは彼を冒険家、山師の類型として戯曲に登場させた。パラツェルズスの説く自然治療説は、シュニツラー自身も治療に用い、『アナトール』にも出てくる催眠術とどこか似たところがある。

この作品のパラツェルズスは、史実とは違って医学生の時代に教授と折り合わずバーゼルを出奔する。一三年後にバーゼルに舞い戻って来て、市場で奇跡の治療を行い、市の話題をさらう。劇は、バーゼルの実直な鍛治屋ツュプリアーンの家、彼の妻の貞淑なユスティーナは、この奇跡の医師が町を出奔する前に彼に淡い恋心を抱いたことがある。ユスティーナの義妹ツェツィーリエが頭痛を訴え、町医のコープスが招かれてくるが、彼が今市場で奇跡の治療を行っている山師の話をし、人々があんな男を信用すればもう医学は終わりだと言う。ユスティーナはその山師がもと医学生のフォン＝ホーエンハイムだと聞いてやや動揺し、また夫が今市場で熱心にその男の治療を見ていると聞いてさらに驚く。

そこに、バーゼルで音楽を学んでいた貴族の青年アンセルムが別れを告げにくる。彼はユスティーナに最後の一夜の契りを懇願するが、彼女は冷たく拒む。またツェツィーリエの態度から、彼女の頭痛はこの青年が義姉に懸想しているのが原因だとわかる。

そこへツュプリアーン親方が、山師パラツェルズスを連れてやってくる。常識的な市民である彼がこの山師を家に招いたのは、自分のように安定した生活を送る者には、怪しげな魔術は必要がないことを示すためらしい。合理的な常識人である彼は、山師の非合理的世界と対決する。だが、山師は虚妄は真実以上のものであり、実在さえ支配すると主張する。ツュプリアーンは繰り返しパラツェルズスを挑発し、魔術をこの場で実演してくれと引きとめる。遂にパラツェルズスは、親方の妻のユスティーナを催眠術にかけ、彼女が実はアンセルムと関係があったことを告白させ、ツェツィーリエの頭痛の原因まで暴いてしまう。親方の安定した幸福な家庭生活という夢は完全に破壊された。ユスティーナは不貞の露見を恥じて自室にこもってしまう。ところが彼は、不貞は事実ではなく、自分がそう思いこませただけ、彼女をもう一度催眠術にかければ一切忘れてしまうと言う。そこに、市議会の決定を伝えに町の医師が登場する。追放か焚刑を覚悟していたパラツェルズスは、意外にもこの町の第二の医師に任命されたのだ。しかし彼はそれを固辞して、今夜からまた放浪の生活に入ると伝える。

「この世のことはみな芝居」

最後に彼は親方に、「あなたはみなを混乱させてここを出ていくわけだが、あなたのやったことは真面目なのか、遊び（芝居《シュピール》）なのか」と聞かれてこう答える。

「遊びですよ、それ以外にないじゃありませんか／この世で起こることはすべて、どんなに偉大で深遠に見えようと／すべてこれ芝居なのです。……………夢と現《うつつ》真実《まこと》と嘘の／境などありません、確実なものなど何もない／他人のことも自分のこともわからない／わたしたちはつねに芝居をしている、それを承知している者こそ賢いのです」。

この部分はこれまでシュニツラー自身の思想としてたびたび引用されたが、作中人物の発言は必ずしも作者自身の意見ではない。この劇はこの句ではなく、それに対するツュプリアーンの答えで終わっているのだ。彼は言う。「山師の出現によって、一瞬我々の心《ゼーレ》に亀裂が生じたことは、結果的にはよかったことだが、これは一過的なものだ、芝居《シュピール》ではあるが、私はその意味を認めるに吝《やぶさ》かではない。自分が正しい道を歩んでいることがわかるからだ」と。勿論これもシュニッツラーの意見の代弁ではないが、ふたりの立場は相対化されているのである。遊戯、芝居という原理を体現する登場人物は、シュニッツラーの作品では枚挙にいとまのないほど多いが、その遊びの犠牲になって破滅する「演技しない人間」も多く描かれている。たとえば、神品芳夫氏は『恋愛三昧』という訳語は正しくなく、むしろ『情事』がいいのではないかと提案されている。たしかにクリスティーネの悲劇は「遊び」のルールを知らない人間に起こったともいえるのである。

虚構の中の虚構
『伴　侶』

『伴侶』（一八八九年）は、こういうルールの綻《ほころび》が切れることを扱っている。自分の妻と助手の関係を黙認していたピルグラム教授は、その妻の葬儀の日の夜にある秘密を知る。妻が「伴侶」には向かない女と知って、若い愛人を与えておいたのだが、当の青年はその一方で長いこと他の女と婚約関係にあった。それを知った教授は、妻の不貞の相手の妻に対する不貞を激怒し、助手を破門しようとする。ところが助手は、妻が助手の婚約のこともちゃんと承知していたのだと告白する。ひとつの虚構によって成立していた教授の妻への関係は、この第二の虚構によって完全に破壊され、教授は今や妻が無限の遠くに隔たったことを感じる。こういうゲームや虚構を前提としての不貞は、シュニッツラーだけでなく、ヘルマン＝バールの戯曲にも扱われており、この時代に好まれたテーマだということがわかる。我々の時代との違いは、まだ人間間のコミュニケーションの断絶が現代ほど自明のことではなく、この遊戯には、まだコミュニケーションを修復しようとする必死の努力が隠されていたとも考えることができるのだ。

歴史劇『緑のオウム』

『緑のオウム』(一八九九年、一説には九八年)はフランス革命ののろしとなったバスティーユ監獄襲撃の行われる一七八九年七月一四日のパリの酒場『緑のオウム』が舞台である。この店の主人はもと劇団の座長で、旧座員たちを使ってこの酒場で凶悪犯罪を演じてみせる。それが真に迫っていると有名になり、貴族階級の常連客も多い。貴族たちは退廃しきっていて、自分たちの没落の日が近いことを予感しながら、危険分子も出入りするこの酒場の常客となり、酒場の女優たちの情人になるものもいる。

かつては役者で、今は広場でカミーユ＝デムーランなどとアジ演説をやっているグラッセが登場、革命が失敗したらまたこの古巣に俳優として舞い戻るつもりだと言う。警察署長があらわれ、この店が風紀上問題があるとして閉店を命じるが、亭主は「その前に変装して客となってこの店の営業を見て下さい」と言う。数日前刑務所を出てきたばかりのごろつきが自分の犯した殺人の語りをやらせてくれと言うが、真実の話は虚構の話ほど迫力がない。このごろつきは、刑務所で役者のガストンと知り合ってこの店の話を聞いたのだ。ガストンはこの店では「すり」の小話の名手だったが、現実にすりをやったら幼稚な手口ですぐつかまってしまったのだ。真実と虚構(芝居)の関係を言い得て妙である。

店の俳優が徐々に登場してくる。バスティーユ周辺の不穏な状態を見てきたスケボラは、昨日の

『緑のオウム』のカインツ

強盗の芝居は下手だったと亭主に厭味を言われる。今噂になった名優アンリが姿をあらわすが、昔亭主の一座にいた女優のレオカディを同伴している。パリで最も有名なこの高等娼婦は、昨日アンリと本当に結婚した。ふたりは芝居からもパリからも足を洗い、田舎に帰って牧歌的な田園生活を行うつもりである。亭主はアンリにやめないでくれと頼むが、彼の決意は固く、レオカディが最後の出演をする劇場に彼女を送っていく。彼らが去ると常連の子爵フランソワが新顔の騎士アルバンを連れて登場する。騎士は亭主に子爵の同性愛の相手かとからかわれて席を立とうとするが、子爵に冗談だと引きとめられる。ワインを注文して、亭主に「そのうちあんた方がセーヌの水でもありがたがる時代が来ますよ」と言われても、子爵は平気で笑っている。田舎出の騎士は自分の故郷でも百姓どもがつけあがり、領主の大伯父は穀物泥棒と呼ばれていると話す。女優ミシェットが騎士にしなだれかかる。下手な役者スケボラが「俺の女をとる気か」とすごむので騎士は驚くが、怒鳴り屋のスケボラの芝居は下手だと皆が笑う。

そこへ一番の大物カルディニアン公爵（大公）エーミールが登場、亭主はまた「あなたはまもなく真っ先に殺《や》られますよ」と軽口を叩く。二四歳の公爵は、男ひとりを殺さないか、女ひとりをものにしないで過ごした日は無駄だと考えるような人生を送ってきた。貴族階級の間では、革命前夜の危機的状況さえ愉快な話題になっているようだ。

虚構と現実のあやの中に

公爵は実はレオカディとも深い仲のようだが、アンリとの結婚の話を聞いて、「レオカディは淫売に生まれついたような女だから、名優のアンリは気の毒だ」と言い捨てて出てゆく。また放火をしたといって飛びこんで来た役者ギョームが、下手な芝居を演ずる。そこにランサック侯爵とその夫人、および詩人（劇作家）のロランが入って来る。皆バスティーユの前の騒ぎを見物して来たのだ。詩人と関係のある侯爵夫人は、この店が大いに気にいる。折しも、娼婦と美人局《つつもたせ》の相手の男を殺してきたというヒモの芝居が始まる。すりたちの芝居がそれに続く。

　アンリが思いつめた顔をして戻って来る。そして「女房の色男をたった今殺してきた」と言う。レオカディと知り合って七年になるが、一晩として彼女が他の男と寝なかった晩はない。結婚したら変わるだろうと思い、彼女を楽屋まで送ったが、帰り道でまた不安になり、引き返してみると出番を終わった彼女の楽屋から話し声が聞こえる。ドアを蹴破って入ってみると、情人の公爵がいたので刺し殺してきた、と言うのである。亭主までそれを信じて危険だから逃げろと勧める。

　その時往来から「自由万歳」という叫びが起こり、バスティーユ陥落が告げられる。侯爵はそれも芝居だと思っている。亭主は、アンリが本当に公爵を殺したと思っていたので、革命が成功したら公爵殺しは罪にならないだろうと言う。ここで二度のどんでん返しがおこる。アンリは、今までのは芝居で公爵は生きていると言う。しかし同時に、公爵とレオカディの関係が事実であったことを、彼は今初めて知ったのだ。皆の驚きの叫びとともに、生きていた公爵が姿をあらわす。すると今度は、本当に嫉妬に狂ったアンリが公爵を刺殺するのである。オペラ『パリアッチ』の道化の「芝居は終わりました」という句を連想させるが、この芝居の方がはるかにサスペンスに富んでいる。レオカディが飛びこんできて、アンリの殺人をすぐに悟る。しかし往来の「自由万歳」の声は高くなり、アジ演説家グラッセは、公爵の死こそ実にすばらしい偶然だと歓呼する。侯爵夫人は詩人と大っぴらに密会ができることを喜ぶ。退去してゆく貴族連中を逃がすのかという問いに、グラッセは「今日は逃しておけ、どうせ逃げおおせられやしない」と答えて、幕になる。

この作品は、大正時代に築地小劇場で上演された。グロテスク劇という副題の示すところも、かなり誤解なく受け入れられた。劇中劇という入れ子構造は、方向からいえば、従来の演劇のイリュージョン（舞台上の事件を真実と思いこませる錯覚）を破壊するという、二〇世紀の演劇のある風潮をも先取りしているといえる。

近代小説の試み――『グストゥル少尉』――

一幕物の試みはなおしばらく続くのだが、ここで、世紀の変わり目に書かれた散文の傑作『グストゥル少尉』に視点を移すことにしよう。

内的独白の形式

一九〇〇年の一二月に、「新自由新報《ノイエ・フライエ・プレッセ》」のクリスマス号に掲載された小説『グストゥル少尉』は、形式的にも小説史上重要な位置を占めている。「内面独白《インネレ・モーローグ》」と呼ばれる形式で、一人称の主人公が、言葉にはならないが瞬間瞬間に意識にのぼってくる事柄を克明に追ってゆく、「意識の流れ」とも呼ばれる形式である。読者は、一人称の主人公の意識の刻一刻の描写を読み進むうちに、いつか一人称の立場に感情移入していくのである。

シュニツラーは四半世紀後に今一度この形式を使って『令嬢エルゼ』を発表している。意識の流れが潜在意識の領域に及び、複雑化・多層化しているジョイスの『ユリシーズ』は、『グストゥル少尉』の二二年後に発表されている。『グストゥル少尉』は、ジョイスを知っている我々から見れば読解ははるかに容易だが、一九〇〇年という時点では画期的な試みであったと思われる。

だいたい「グストゥル」とは姓ではなく、「アウグスト」または「グスターフ」という名の愛称であり、昔なじみの従姉妹がまだ彼を「グストゥル」と呼ぶという個所を見ると、「坊や」的な感じがあり、「坊ちゃん少尉」というニュアンスがある。

主人公の独白

四月四日の晩、友人からもらった切符であるコンサートを訪れたグストゥル少尉は、音楽会の終わった後のクロークで、雑踏の中、外套を受けとろうとして、その邪魔になっていた男をつきのけようとしたところ、屈強そうなその男は少尉のサーベルの柄を握って離さず、「騒ぎたてればこのサーベルを抜いて剣を折るぞ、スキャンダルがいやならおとなしくしなさい」と小声で脅す。よく見ると、行きつけのコーヒー店の向かいに住むパン屋の親方であった。少尉は「ばかな坊や」と言われても身動きひとつできない。そのうちに親方はさっと彼から離れていってしまう。

たぶん誰にも聞かれはしなかったろうが、パン屋の親方風情にこんな振舞いを許したことは、将校としての彼の名誉をいたく傷つけたことになる。懊悩の末、彼はこの傷つけられた名誉を償うためには、潔くピストルで自決する以外に解決の道はないという結論に達する。実は彼は翌日の午後四時に、パーティの席上で軍隊を侮辱したドクトルを称する男と決闘することになっている。この決闘のことなど、パン屋の親方から受けた侮辱に比べればものの数ではない。

コンサートの会場を出てから、彼はいろいろの想念を追いながら真夜中のウィーンの町を歩き回り、遂にはプラーター遊園地に来てしまう。そこのベンチでうたた寝をして朝を迎える。いつか彼は、朝七時に兵営に戻ってピストル自殺をしようと決めている。帰営の前に腹ごしらえをする気になり、早朝から開いている行きつけのコーヒー店で朝食をとろうとする。そこの給仕から、彼は驚くべきことを聞かされる。例のパン屋の親方が、昨夜自宅に戻る階段で卒中に襲われて急死したのである。このコーヒー店はパンを彼の家から仕入れているので、今朝パンを配達してきた職人が主人の急死を告げたのだ。夜通し思い悩んだ一件は、あっさり落着したのである。

意識に浮かぶ想念の断片　作品の一部を紹介する。彼の目に今映っていることがそのまま体験として意識にのぼってくる。過去から最近に至るまでのラヴ-アフェアや人生のさまざまなエピソード、自分が自殺した後の友人や家族の反応の予想など、さまざまの想念の断片が切れ切れに意識に浮かんでくるが、全体として、この少尉の自墜落な生活ぶりも浮かびあがってくる。

親方と口論する部分だけは内面独白でなく対話だが、自分のセリフも相手のセリフもいわば第三者の声のように意識に入ってくる、という構造になる。たとえばパン屋の親方に「そう押しなさんな」と言われた少尉は「黙れ」と言ってから自分で後悔する。

「黙れ」。こりゃ言っちゃまずかった。少し乱暴すぎたな、でも言っちまったんだからもう仕方がない。

「何だと？」

こいつ振り向いたぞ……あ、こいつなら知ってる！――何てこった。行きつけのコーヒー店

『グストゥル少尉』の初版本

の常連のパン屋の親方じゃないか……こいつがなんで音楽会なんかに？　娘か親類でも音楽学校に通ってるのかな……おや、何だ？　こいつ何をしてるんだ……大変だ、俺のサーベルの柄を握りやがったぞ……こいつ気でも狂ったのか？

「あんた、少尉さん、おとなしくしな」。

何て言ってるんだこいつは？　大変だ、誰にも聞かれなかったろうな？　大丈夫、小声でしゃべってる……なぜこいつサーベルを離さないんだろう？……何てことだ……厳しいところを見せなくちゃ……やつの手を柄から離せないぞ……スキャンダルだけは避けなきゃ……後から少佐が来なかったかな？……こんなやつが俺のサーベルの柄を握ってるのを誰にも見られちゃまずい、なんだ、こいつ俺に話しかけてるぞ、何て言ってるんだ？

「少尉さんよ、少しでも騒ぎたてたら、あっしゃ剣を鞘から抜いて叩き折って、連隊司令部に送りつけますぜ。聞きわけるんだよ、バカな坊や」。

何と言いやがった？　夢を見てるんじゃないか！　本当に俺に言ってるんだろうか？　何か答えなきゃ……しかしこいつは本気だぞ。畜生……やる気だ……剣を抜きかけてる。何を言ってるんだ？……スキャンダルになったら大変だぞ——何をぐだぐだ言ってるんだろう？

「でもあんたの将来を台なしにする気はない。だからおとなしくするんだ……心配はいらない……誰も聞いちゃいなかった……これで勘弁しとこう、そーら！　ここで喧嘩してたことに誰も気がつかぬように、あんたにも愛想よくしてやろう。失礼します、少尉さん、お目にかかれて光栄でした」。

なんてことだ、俺は夢を見てるのか？……やつは本当にそう言ったんだろうか？……どこへ行きやがった……あそこだ。剣を抜いてやつに斬りかかってやろうか？——まさか誰も聞かなかったろうな……大丈夫だ、小声でしゃべってたからな……なぜやつを追っかけていってぶった切らないんだ？……いや、そりゃだめだ、できない……即座にやるべきだった……なぜすぐにやらなかったんだ？……できなかったからだ……柄から手を離さない、力はおれの一〇倍もありそうだった……もう一言言ったら、本当にサーベルを折られていたろう……あいつが大声をたてなかったのがせめてもの幸いだ！　もし誰かに聞かれていたら、即座にピストルで自決しなきゃいけないところだった。

飛躍していく連想

描写はこのように続けられていく。自決以外に逃れる方法はないかと考える。こういう場合、面目をつぶしても決着をつける勇気がなく、外国に逃げた知人のことを思い出す。家族（両親と姉）の悲しみを考えると心がひるむので考えまいとする。いろいろな女とのアヴァンチュールのことも思い出す。童貞を失った時の相手の年齢が倍もありそうな年増女、地主らしい伯父を訪問する時、半月の滞在の間だけ相手をするかわいい召使いの女、僻地（当時は帝国領だった、現在のポーランドのプシェミスル）に勤務していた時、たくさんの士官を情人にしていた上官の妻など。また、彼はカジノで同僚に一六〇グルデン負けているが、この借りは伯父に無心して返却してもらう手筈になっている。こういう平和な時代の士官の生活がほとんどパターン化されていることは、ヨーゼフ＝ロートの『ラデツキー行進曲』の少尉の生活と驚くほど共通していることからもわかる。

本来なら明日行われることになっているドクトルとのサーベルの決闘で立ち会い人となるコペツキーという士官の他には、少尉にはあまり友人はいないらしい。グラーツの家族のことはよく思い出すが、特に未婚の姉クラーラには愛情を抱いている。最初の情事の回想から連想は姉に飛ぶのである。

朝早く帰宅したら……あの時おやじが俺を見つめた顔ときたら……それにクラーラも……クラーラに対しては一番恥ずかしかった……あの頃は婚約したばかりだった……どうしてあれが破談になったのかな？　俺はあんまり気に病まなかったが……かわいそうな姉貴、幸せに恵まれたことがまるでないんだ――おまけに今度はたったひとりの弟を失うことになるんだからな……そうだ、もう俺には会えないんだよ、クラーラ――おしまいだ！（中略）――それにママだ、……参ったな、ママだ……よそう、これは考えないことにしよう……こいつを考えると女々しい振舞いをしそうだ……ああ、死ぬ前に帰省できればなあ……一日だけ休暇がとれたとか言って……（中略）七時の一番に乗ってグラーツへ行けば一時には着く……こんちわ、ママ……ようクラーラ！　元気かい？……全くたまげるだろうな！……でも何かに気づくだろう……他の奴はともかくクラーラは……クラーラだけはきっと……クラーラは頭がいい娘だ……こないだもやさしい手紙をくれた、まだ返事もしてないんだ――（中略）俺が家を出ないで大学で経済でもやってたら、ずいぶん違ってたろうな、伯父貴の家を継いだかな……俺が子どもの頃はみなそう期待してたんだ……結婚、今頃は結婚してたろう、とってもいい娘だった……たぶんアンナと、俺を好きだったもんな……今だって感じるもの、もう夫も子どももふたりいるのに、この間帰省した時なんか……俺を見る目つきがさ……それに相変わらず昔通り俺を「グストゥル」って呼ぶんだ……俺がどんな最期を遂げたか聞いたら、彼女は身体中がしびれるだろう――（中略）みんなはおれが借金で首が回らなくなったせいだと思うだろうな……そりゃ違うんだ、金はみんな返したから。あと最後の一六〇グルデン、これは明日調達できる……そうだ、バレルトがあの一六〇グルデンを受けとるように指示しておかなくっちゃ……ピストル自殺の前に書き残しておこう……ひどい、ひどいこった……いっそあっさりトンズラできりゃあな――アメリカへ、あそこなら知ったやつはいない……」

連想が別の連想につながり、支離滅裂という感じだが、日常の意識の流れはこうした形の方が普通であることは、後のダダイズムや不条理演劇も指摘している。

パン屋の親方の急死をコーヒー店の給仕から聞いて、喜びのあまりその親方の焼いたパンをちぎっている自分に気がついた彼は、シガーを注文しながら考える。

ああ幸せだ、何て幸せだ……さて何をしよう……何をしたらいい？……何かに取りかからないとこの俺も喜びで卒中に襲われるぞ……（中略）七時半に執銃教練、九時半が演習だ――それに午後四時には……待ってろ、ドクトル殿、見てろよ、俺は絶好調だぜ……あんたをナマスみたいに切り刻んでやるからな。

ここで小説は終わっているが、この彼が決闘で予想もしなかった死を迎えるという劇的な筋書きも想像できる。

『グストゥル少尉』の影響

この近代小説の白眉ともいう傑作は、シュニツラーにきわめて不名誉な結果をもたらした。この小説を帝国士官の名誉を著しく毀損するものと見なした帝国国防軍の名誉査問委員会からの釈明要請を、シュニツラーは委員会には文学の問題に介入する権限はないと拒否した。その結果、一九〇一年六月一四日付で、シュニツラーは国防軍最高司令部から、予備役将校の資格を剝奪するという通知を受けとったのである（日本にも昔、高等教育を受けた人には一年志願制度というものがあり、一年兵役を勤めると予備役の将校の位階を与えられた。一年志願というのはドイツの兵制から直訳された言葉であるが、シュニツラーもホーフマンスタールも一年志願の予備役将校であった)。この処分には、反ユダヤ主義の影響もあるのだろうか。フランスでユダヤ人のドレフュス大尉がスパイの冤罪《えんざい》を蒙った事件は、それほど以前のことではなかったのである。

短篇小説と一幕物会話劇

小説『盲目のジェロニモとその兄』 一九〇一年には、小説『盲目のジェロニモとその兄』『ベルタ＝ガラン夫人』が発表され、一幕物チクルス『生ある時』が完結した。

『盲目のジェロニモとその兄』は、イタリアからチロルに入る国境の辺で旅人相手にギターの弾き語りをする盲人と、彼につきそう兄の物語である。弟を盲目にした責任のある兄のカルロは、その負い目を償うために弟と放浪の生活をともにしている。ある日心ない旅人が冗談半分に盲人に向かって、お前の相棒はお前に黙って多額の心付けをくすねていると水を差したことから、弟に猜疑心が生まれる。もらってもいない金貨をくすねたと弟に思われないために、兄は盗みを働き、逮捕される。しかし、そのために盲目の弟は自分の誤解を悟り、兄に接吻する。兄は盲目の弟の誤解さえ解ければ、刑務所に入れられてもよいと思う。冒頭に触れた山本有三はこの作品を翻訳したばかりか、『盲目の弟』の題で劇化し、一九二九年に日本の新派の舞台にかけている。

人生の虚偽『ベルタ＝ガラン夫人』 『ベルタ＝ガラン夫人』は、フェミニズム的側面ももつ作品といってよい。音楽学校に進学し、ピアニストになるという彼女の希望は、父によって拒否される。若いバイオリニストとの恋も実らなかった。そして父が破産し、両親が相次いで死亡した時、遠い縁戚に当たる、年は違うが誠実なガラン氏に求婚され、結婚して田舎町に引っ込む。子どももでき、一応は安定していた生活は夫の急死によって終止符を打たれる。

それでも三年間は、彼女は当時の社会の要求する未亡人としての役割を忠実に守ってきたが、突然血が騒ぐような衝動を感じる。その頃彼女は、新聞で昔の恋人エーミール＝リントバハの記事を読み、彼の昔の手紙を取り出して、「花開かずに終わった運命」を「履行されなかった約束」のように感じ、自分の過去の日々はとり返しのつかないものを騙しとられたようなものだったと思う。ベルタは、友人で半身不随の夫をもち、不貞を働いているルピウス夫人と近づくようになる。エーミールが勲章を授与されたという記事を読み、思い切ってお祝いの手紙を書いたベルタは、思いがけず彼から親切な手紙をもらい、お訪ね下さいという決まり文句を真に受けて、ウィーンで昔の恋人と再会し、遂に一夜の思いを遂げる。彼女は官能的な衝動に身を委ねたことを後悔はしなかった。しかし、エーミールの方はこの気まぐれを永続する気は全然なく、次にウィーンに出かけたベルタは体よく断られる。彼女の思いは募るばかりで、意を決してウィーンに移住したいという手紙を書く。返事を待つ焦燥の時期に、彼女はルピウス夫人を訪れるが会えない。夫人は不貞の結果妊娠し、堕胎に失敗して重態に陥っているのだが、彼女はまだそれを知らない。

遂に来たエーミールの手紙は絶望的なものであった。婉曲な拒絶が欺瞞的な文体で書かれていた。さらにぬけぬけと、「でも一月か一月半に一回ウィーンで、いつぞやのような愛の時はぜひもちたい」と提案しているのである。このご都合的な提案は、ベルタの一切の愛を完全に打ち砕いた。彼女は今やエーミールを憎悪するようにさえなる。

ルピウス夫人が不貞の代償として、最後には命を失ったことが彼女を目ざめさせる（既成の道徳に再び従うのだから、フェミニズムの視点からいえば「眠りこませる」というべきであろう）。彼女は快楽に身を委せたことを恥じ、社会的に指弾されることのない、静かな未亡人の生活に再び戻っていくのである。

実はこの小説には、シュニツラーの個人的体験が反映している。もう三七歳になった若い頃の愛人フランツィスカ＝ライヒ（愛称ファニー）との再会が、この作品を書かせる動機となったのである。シュニツラーが、その際の自分のとった行動について、どれだけの痛みと批判をこの作品にこめていたかは言うのを控えたいが、フェミニズムをテーマとした作品でも、シュニツラーがフェミニストの立場に立っていないことは明らかである。

一幕物会話劇『生きている時』

一九〇〇年から一九〇一年にかけて書かれ、『生きている時』のタイトルで括《くく》られた四つの一幕物チクルスは、生と死、芸術と人生という主題が変奏されている。全体のタイトルになった作品では、芸術家ハインリヒの母親の死によって、残された者たちの間に問題が顕在化するという構成であり、この点で『伴侶』に似ている。母親は、自分の長患いが息子の創作活動の邪魔になると思って死期を早めたのである。その母の長年の友人、公務員ハウスドルファーにとっては、彼女が息子の「芸術」のために死期を早めたのを許すことができず、彼女の遺志に抗して息子に母親の死の原因を話してしまうが、息子は尊大にもそれを当然としか思わない。ふたりの対立は、市民と芸術家という生き方の違いと世代の違いをあらわし、平行線を辿る。

ハウスドルファー　君のやっている創作などたとえ君が最大の天才であっても、全部合わせてどれほど価値があるのだい。そんなものは、君のお母さんがこの肘掛椅子に座ってぼくらに話したり、黙って見ていたあの時間、生きていた時間に比べれば何の価値もない――そこに！　そこにお母さんは生きていたんだぜ！

ハインリヒ　生きていた時間？　そんなものは、その人間が生きていた時を思い出す人間がいなくなればもう存在しなくなるんですよ。そういう時間に永続性を与え、さらに延命させてやる職業（作家のこと）がそんなに悪いものでしょうか。

シュニッツラーはこの対決を和解させぬまま、どちらにも与《くみ》せずに幕を閉じる。余談になるが、一九〇三年、この作品にバウエルンフェルト賞が与えられた時には、聖職者であるパタイ博士が国会でユダヤ人の受賞に反対する質問演説を行った。文相ハルテルは、この賞は受洗証明書を基準に与えられるものではないと答弁している。

芸術と実生活の狭間で

第二話『短剣をふりかざす女』（鷗外訳の題は『短剣を持ちたる女』である）の舞台は美術館で、背景に短剣で今誰かを刺し殺したような女を描いたルネッサンス風の絵画（パルマ＝ヴェッキオ風）が掲げられている。ここで作家の妻パウリーネが、彼女の崇拝者のレーオンハルトと待ち合わせている。彼には、彼女の夫の書いた芝居が堪えられなかった。ウィーン中がその作品は彼の私生活を描いたものであり、ヒロインは彼女がモデルだと知っているからである。しかし彼女は、夫のために自分が犠牲となり素材となって夫の芸術に役立つことを当然と思っており、それをいささかも恥じていない。さらに驚くことに、彼女は夫にわずかな心の動きもすべて告白することにしており、レーオンハルトとの関係が危険になったことも告白したので、今日は永遠の別れを告げに来たという。

このまま関係を続ければふたりは破滅だ、パウリーネは一瞬トランスに陥る。その夢想の中で彼女は絵のモデルの女パオラに、レーオンハルトは刺されて絵の影に倒れているはずのリオナルドになる。ふたりは『短剣をふりかざす女』の画家レミジオのアトリエにいる。パオラはパウリーネと同じように、画家の画材になって一切の生を吸いとられ、作品の中だけに生きることに満足している。しかもこの夢想の中では、彼女はリオナルドを本当に刺殺してしまう。画家は現実に死人を見て、天啓のような画想を受ける。しかしパウリーネは、鐘の音で現実に引き戻される。彼女は気を変えて、この若い崇拝者のもとに走る運命を選ぶ。

『最後の仮面』と『文　学』

第三話『最後の仮面』は、三井光弥氏の名訳で日本でもよく上演された。結核で死期の近い老ジャーナリストが、死出の旅のはなむけに、成功している友人の俗物作家を呼びつけ、彼の妻の愛人であったことを暴露して彼にショックを与えようとする。同室のもと俳優の患者を相手に予行練習までやる気の入れようだったが、来訪を受けた作家と話すうちに、心境が変化し、何も言わずに帰してしまう。「おれたちは明日もまた生きていく人間といったい何の関係があるというのだ？」。

第四話『文学』はファルス風の愉快な喜劇である。『短剣をふりかざす女』と同じ実生活と芸術がテーマなのだが、ここに登場する男女の作家は後にシュニツラーが「文士」という範疇《はんちゅう》に入れて軽蔑した作家《ものかき》であり、観客は優越感をもってこの作家を笑えるからだ。晩年の一九二七年に、シュニツラーは「言葉における精神と行為における精神」という小論文で、詩人《ディヒター》と文士《リテラート》の間には越えがたい溝があり、「文士は強烈な個人的体験に基づく作品の中だけでは自分を詩人のように思わせることができるが、こういうまやかしは長続きしない」と述べている。文士は、個人的な体験をそのまま素材として作品を書くことしかできない。『短剣をふりかざす女』のパウリーネの夫で作中には登場しない劇作家もそのような類いの作家だろう。

『文学』では、私的体験を絶えず作品化することを考える生活を送っているのは、女性作家マルガレーテである。彼女は木綿工場主だった夫と離婚し、作家と同棲したりして奔放な人生を送ってきたが、それも作品の素材にするためであった。作家との恋愛の時も、抱擁しながら愛の詩句を考え、彼に宛てた愛の手紙も、後に小説で使うことを考えて必ずコピーをとっておいた。ところが後でこの相手の小説家ギルバートも同じことをやっており、ふたりが別れて数年後に発表した小説には、ある章に寸分違わぬ往復書簡が収められることになるのである。

「実生活」と「芸術」

舞台はミュンヘンであり、こういう類いの文士を痛烈に風刺するやり方は、かつてミュンヘン在住の作家ヴェーデキントが、作中に登場させた自然主義作家（ハウプトマンがモデルといわれる）を揶揄《やゆ》した手口を連想させる。ただしシュニッツラー自身は、ハウプトマンをそういう文士と考えていたわけではなく、演出家ブラームとともにハウプトマンを訪問したこともある。

この作品でヴェーデキントを連想させるのは、マルガレーテの現在の婚約者である男爵クレーメンスである。競馬、乗馬、フェンシングなど何でもこなすプレイボーイだが、文学とは無縁の人物だからだ。彼は自分の私生活を「オーバーに水増しして」公衆の面前にさらす文学などは、自分の妻となる女には許さないという。マルガレーテは「水増し」ではなく「様式化」だと訂正するが、彼女の小説は私生活のモデルの名前や職業や場所を変える程度のことである。マルガレーテがこの男爵に一目惚れして彼との結婚のためなら文学を放棄してもいいと思ったのは、ユダヤの血を半分引いている女の血統へのあこがれからだろうか。彼女はクレーメンスに、最後の願いとして、これまで隠していたが、自分の小説が完成したのでそれを発表することだけは許してくれないかと懇願する。クレーメンスは勿論それを許さない。実はその小説が今日発刊されたと聞くと、クレーメンスは激怒し、家を飛び出してゆく。

絶望したマルガレーテが後を追おうかと思案しているところに、かつての愛人の小説家ギルバートがあらわれる。彼は今イタリアに旅する途中なのだが、かつてのふたりの生活を素材にした小説を発表したので、彼女に献呈するために寄ったのだと言う。ここでふたりが同じ愛の往復書簡をほとんどそのまま小説に使ったことが判明するのである。このスキャンダルがクレーメンスの耳に入ったら、男爵はギルバートを生かしてはおかないだろう、作家を露出症と同一視するクレーメンスは正しいと言いながら、彼女は突然ギルバートに一緒に逃げてくれと頼む。ところが、窓からクレーメンスの戻って来る姿を見ると、彼の前に跪《ひざまず》いて一切を告白し許しを乞うと言う。臆病なギルバートはうろたえるばかりだ。クレーメンスは出版社に出かけてマルガレーテの全ての小説を紙屑にし、一部だけ持って帰って来たのである。マルガレーテは、自作の最後の一部をストーブに投げこんで燃やしてしまう。そしてクレーメンスを抱きながら「これであんたを愛していることを信じてくれるでしょう」と言う。ギルバートが、「(マルガレーテがモデルの)おれの小説にこの結末が書けなかったのは残念だ」と言うのが落ちである。

チクルス『操り人間芝居』　一九〇二年から四年にかけて、『操り人間芝居』というチクルスに収められた三つの一幕物が書かれている。『人形使い』『猛者《もさ》カシアン』『大道化劇場』の三作である。

『人形使い』は詩人が主人公で、本来は『生きている時』の連作に加えられる筈だった。紙の上に作品を書かず、生きた人間を人形のように操って人生を演出しようとして失敗する男の話である。人生は計算し操作するには不確実すぎるのである。芸術の操作《マニプレーション》をテーマにしたオーストリアの現代作家W＝バウアーの『チェインジ』を連想させなくもない。

『猛者カシアン』は人形劇として上演することも可能である。性格も筋立てもかなり誇張したもので、リアルな風俗的社会劇とは異なった様式で書かれている。人形劇は不確定性とリスクに支配される人生の象徴にもなるだろう。時代は一七世紀末のドイツの田舎町、学生マルティンは、運にも女にも恵まれ、恋仲になった娘を捨て、賭けでもうけた大金をもって、かつてこの町の舞台に出演した舞姫の後を追って旅に出ようとしている。自信家の彼は、今は宮廷に迎えられている舞姫も攻略するつもりで、純情な娘ゾフィーの悲しみなど無視している。そこに派手な服装の兵士が登場する。これこそマルティンがしばしば娘に語ったことのある従兄弟の『猛者カシアン』で、何回も死線をくぐりぬけてきた冒険家である。

彼の登場で状況はどんどん変わってくる。マルティンはゾフィーに彼をもてなす品を買いにいかせ、自分はやがて出る郵便馬車で町を発つが、家も女も提供してもかまわないと気の大きなところを見せる。馬車の出るまでの間にカシアン相手に始めたさいころ勝負で、負けを知らなかったマルティンは一切を巻きあげられ、ゾフィーまで賭けようとする。だが彼女の心は、もうカシアンに傾いている。こうなるとマルティンは、カシアンと決闘するほかなくなるが、二、三分であえなく倒される。ところがカシアンは、マルティンから聞いた舞姫のいる町に、従者を連れて出発するつもりだと言うので、絶望したゾフィーは窓から身を投げる。ところがすぐにその後を追って飛びおりたカシアンは空中で娘をつかまえ、無事に着地する。劇はマルティンの末期《まつご》の言葉で幕を閉じる。

人形を使った劇中劇

『大道化劇場』の舞台は、プラーター公園の中の遊園地ウァステルプラーターで、「大道化劇場《ツーム・グローセンウアステル》」はそこの人形劇場である。この遊園地には、ほかにも道化劇場《ウアステルテアーター》があり、メリーゴーラウンド、庭園酒場などがある。人形劇場は舞台の一番奥にあり、もうひとつの劇場は下手に、その前方にメリーゴーラウンド、上手は庭園酒場である。舞台の中央に雑然と置かれている椅子は、奥の人形劇場の観客用の席にもなる。つまりこの劇も、劇中劇の構造をもち、かつてロマン派の作家ティークが風刺劇『長靴をはいた猫』で用いたように、舞台上に舞台と客席があり、客が劇中劇の人形芝居に介入するという、イリュージョン破壊的な構造をもっている。「分別屋《レゾネール》」は作家シュニツラー自身のようにも見える。最後に登場する「シャロレー伯」は作家ベーア＝ホフマン、「巨匠」はヘルマン＝バールがモデルだといわれる。舞台装置の精密な指示によって、当時のウァステルプラーターの雰囲気が具体的にわかるのは、現代から見るとはなはだありがたい。

劇中劇の人形はみな紐に吊るされて操られる。しかし、それを見物する人々も所詮は運命に操られる人形なのだ。まず人形劇場前にさまざまな客が集まって来る。市民や兵士や娘に混じって「好意的な」男と「辛辣な」男、それに「素直な」客が半畳を入れる。ウィーンの風来坊《シュトリッツィ》のなりをした支配人が、ウィーン訛りの標準語で口上を述べるあたりは、ファウストの『劇場での前戯』のようだ。作家（詩人）が、客が飲食しながら見るような小屋なら自分は作品をひっこめるとごねる。しかし幕が開いて、まだ紐にぶら下がった人形の前で登場する役たちが歌を歌う。

シュニツラーの浪漫的皮肉

人形劇の筋は、シュニツラーのふつうの作品のテーマ（三角関係など）を俗化したものである。

主役《ヘルト》（役名はヒーロー）には、リースルというおぼこ娘《ジューセス・メーデル》タイプの恋人がいる。主役は大公妃と関係があったと誤解されて大公に決闘を申し込まれるので、ふたりの友人を介添人に頼む。大公は射撃の名手だ。しかしその前後、大公妃は自分のために命を失う男に同情し、主役を訪れる。しかしそこに大公がやってくるので、ふたりは隣室に隠れる。大公は自分の誤解を知って決闘を撤回し、主役と和解するが、リースルがあらわれ、大公を見て卒倒することから、主役は大公とリースルの関係を悟る。今度は彼の方から決闘を挑むが、大公は町娘風情のことでは決闘はできないと断る。そこで腹いせに大公妃と思いを遂げようとするが、町娘風情のことで決闘するような男には大公妃はもう興味を示さない。そこで主役はまたリースルのところに逃げ、一緒に死んでくれと願うが、リースルの父「陰気な書記」がリースルの許嫁とやって来て、三人で立ち去ってしまう。

ひとり残された主役のもとに、恐ろしい死神があらわれる。悲劇の嫌いな観客が騒ぎ出す。そこで死神は正体を明かして道化になる。舞台も客席も混乱しているところに、詩人の同業者である例の伯爵と巨匠が観劇の帰りに姿を見せる。最後に本当の客席に座っていた男が舞台に上がり、自分の名を「名状しがたい謎」であると言いながら、剣ですべての人形の紐を絶ち切ってしまうので、人物はみな倒れてしまう。しかし彼も明かりも消え、また溶明になると、支配人がまた呼び込みを始める。

シュニツラーが自分自身をも滑稽化している一種の浪漫的《ロマンティック》・皮肉《アイロニー》の技巧がある。このあまり知られていない作品は、ホーフマンスタールがバロックの世界劇場の理念を使って書いた『小世界劇場』や『ザルツブルク大世界劇場』とも対比して考えられる。ただホーフマンスタールの場合は、神に与えられた役を人間たちが演じおおせるという秩序の理念が守られているが、シュニツラーの大茶番で与えられるのは、人生の不確実性という深淵なのである。

結婚生活のテーマ

『間　奏　曲』

『広い国』や『夢小説』でも主題となっている結婚生活を扱った一幕物『間奏曲』（一九〇五年）は、一切の情事を率直に告白し合うという約束のもとに結婚生活を続けている指揮者アマデーウスと歌手ツェツィーリエのルールが、結局は虚偽のゲームに変質してしまったことを描き出す。ツェツィーリエは言う。「あなたは伯爵夫人に寄せた情愛を、私はジギスムントに対して抱いた恋愛感情を、告白し合ったけれども――あれは真実ではなかったの。あの時お互いに本当の怒り、苦しみ、絶望をぶつけ合っていたら、それこそ真実だったでしょうに」。

男が現実に、女は空想の中で浮気をしていた間は、自由で友人のような結婚生活が保たれていたが、虚偽ゲームの虚偽が真実になった時、それは破綻する。アマデーウスはジギスムントに決闘を申し込む。結局この決闘は回避され、ツェツィーリエは伯爵夫人と夫の情事に終止符が打たれたことを知るが、結末はハッピーエンドには終わらず、和解は訪れない。恐らくは、舞台にひとり残されたツェツィーリエが離婚することしか解決はないだろう。宥和《ゆうわ》の可能性は後の『夢小説』において初めて出てくる。

力強い生の肯定

『遺産』以後、社会劇は次第に少なくなっていくが、女性の抑圧、女性解放というテーマを正面から取りあげたのが三幕の劇『生の叫び』で、時代は前世紀半ばである。「生の叫び」とは、死を前にした人間を生に呼び返す声だが、ここでは肯定的に扱われている。

ヒロインのマリー＝モーザーは、七九歳の老父を看護する犠牲的な生活を送っている。この老人はもと騎兵大尉だったが、ある戦闘の前の待機の時間に、自分の人生を捨てる気がしなくなり、恐怖の叫び（生の叫び）をあげてしまう。連隊全部がその恐怖に感染し、戦場から逃走した。現在ある戦場に出陣しようとしているこの連隊は三〇年前の汚名を雪《そそ》ぐべく、全員玉砕の誓いを行っている。

『生の叫び』舞台のスケッチ

マリーはこの連隊の少尉マックスを愛しており、彼を無意味な死に赴かせたくない。彼と最後の一夜を過ごそうと決意した彼女は父を毒殺して外出する。ところがマックスは連隊長の妻イレーネと関係があり、イレーネも彼を救いたいと思っている。妻と部下の関係を黙認してきた連隊長は、出動前夜マックスの部屋にいた妻を射殺し、連隊の出動までこの件を洩らすなと部下に厳命して去る。マックスをひそかに訪れたマリーは、この事件の陰の目撃者となる。

マリーはマックスと愛を交わすが、その後一緒に死んでくれと言って自決したマックスを前に死ぬことができず（これも「生の叫び」である）、草原をさまよううちに医師に救われる。この医師はマリーの父毒殺の件の証拠も隠滅してくれたのである。医師はマリーの今後の生き方として、従軍看護婦としての奉仕の道を暗示する。

劇評家ケルは、シラーのよく引用される句「人生のみが最高の財宝にあらず」を引用して、実は「人生のみが最高の財宝なのだ」というのがこの作品の教訓だと述べる。テーマとしては『恋愛三昧』に似ているところもあるが、愛と死のテーマより、愛国主義の偽瞞を鋭く衝《つ》く姿勢の方がはるかに強い。このことだけでも、シュニツラーを「エロスと死の詩人」と片付けることがいかに一面的かわかるし、「死への憧憬」というテーマを讃美する評価より、この生の肯定のほうがはるかに現代的である。

皮肉な喜劇
『水いらずの日』 一幕の喜劇と銘うたれた『水いらずの日』(一九〇八年)は、特定の美的原則と、因習的な道徳に基づいた社会のルールを極端に戯画化した作品である。舞台は還暦を過ぎたほどの年の、しかしまだ若々しい伯爵の別荘。乗馬から帰って来た伯爵は、写生道具をもってバルコニーにあらわれた令嬢ミッツィーに会う。画家であるこの令嬢は、もう三七歳だが若々しい。そこに六歳年下の伯爵の友人、侯爵が来訪する。ふたりは、一八年来伯爵の情人であったもとバレリーナのロローが、正式に別の男と結婚することになったという話をする。伯爵は妻を失ってから、娘と同じ年頃のロローと関係をもつようになったが、勿論正式に結婚はしなかったし、自宅へも彼女を来させたことはない。ミッツィーはロローの存在を知っていたが、伯爵は娘に気づかれたとは知らない。伯爵はロローと別れる時だとは思っていたが、ロローにかたぎな馬車屋と結婚すると言われてみると、「連れ合いをなくしたような」淋しさも感じるのである。

ところで、未婚のままの娘ミッツィーのことも伯爵には気がかりだ。ミッツィーは一度だけ、結婚の決まっていた青年を避けて修道院に入ろうとした過去があるが、それ以後結婚には関心がない。侯爵は、それは彼女が画家としての仕事をもっているからだろうと言う。そして侯爵は、実は自分には昔町娘に生ませた一七歳になる息子がいる、これまでは里子に出し、インスブルクの高校に入れていたが、今度その子を認知して爵位を継がせることにし、今日ここに呼びよせてある、と言う。

伯爵が電話で中座した後、令嬢ミッツィーが侯爵と世間話を始めるが、侯爵が唐突に「息子も高校を卒業しましたよ」と言うのを、令嬢は「もっと別のおもしろい話がございませんの」とかわしてしまう。このさりげない応酬で、敏感な観客にはほぼ察しがつくようになっている。

察する通り、伯爵令嬢は一八年前に妻のいる侯爵と関係を持ち、彼の子を生んだが、世間体のために、生まれた子は生後五日で里子に出されたのだ。ミッツィーはその時の侯爵の態度に幻滅し、彼との愛は急激に冷えてしまった。侯爵と父伯爵との交際は以後も続いたが、伯爵は娘が侯爵と子まで成したことをまるで知らない。どうやらそれは、ミッツィーの事件が、自分とロローの関係の始まった時代と重なっていたためだったらしい。

電話から戻った伯爵は、これまで一度も家には来させたことのないロローが、明後日結婚するので暇乞いに来ると言ってきたが、娘とは会わせたくないので途中で馬車を止めると言って出かけていく。残された令嬢は、ロローのことなら知っているから、父は気を回す必要はなかったのに、と言う。しかし侯爵は、ミッツィーだけでなく、これから息子が訪問することになっているので、彼にもロローを会わせたくないのだろうと言う。ミッツィーは、息子をここに来させるという侯爵の悪趣味に驚く。息子は、自分の実母は身分の低い町娘で、とうに死んでしまったと聞かされているのだ。ミッツィーと侯爵の対話で、ふたりの過去が再現される。階級は同じであっても、生まれる子と新しい家庭をつくることは、ウィーンの社会ではスキャンダルであった。侯爵にはウィーンを捨てる勇気がなく、ミッツィーは田舎で出産し、私生児としてでも育てるつもりでいた。しかし五日後に里子に出されることになった時、彼女は子どものことは一切忘れようと決心した。それを今になって、成人した息子を呼びよせる侯爵をミッツィーは責めるのである。ミッツィーの気持ちを全く理解しない侯爵は、今は妻もいない身なので改めて求婚したいと言うが、彼女は勿論この身勝手な求婚を拒否する。

そこへ一七歳の息子フィーリップがあらわれる。彼は侯爵が自分を認知する以前から、自分の素姓を予感していたと言う。想像力豊かな彼は、新しい父が伯爵令嬢との再婚を考えており、そのために自分を伯爵家に招いたのだと推測するが、当の令嬢が実の母であることまでは思い至らない。そこにロローが令嬢と登場する。令嬢に会わせまいとロローの馬車を止めに行った伯爵は、行き違って会えなかったのだ。ロローが馬車ではなく、開通したばかりの市外鉄道で来たことも、時代の変わり目を感じさせる。やがて伯爵も戻って来る。令嬢は、初めて会うロローとすっかり意気投合してしまう。しかもロローが結婚する相手、馬車屋のワスナーは、偶然フィーリップをここまで乗せて来て、門の前で待っていたので、伯爵も対面することになる。侯爵は気を利かせて、フィーリップを自分の馬車に乗せるから、ワスナーに許嫁のロローと町に帰るよう言いつける。ロローが帰った後、フィーリップは死んだといわれている低い身分の母は実はロローではないか、と見当違いな推測をする。侯爵は、やがてフィーリップを連れてオーステンデに避暑に行く予定である。

社会のルールの戯画化

客がすべて去り、伯爵は令嬢ミッツィーに、自分もオーステンデに避暑に行くが、同行する気はないかと尋ねるので、令嬢は侯爵に求婚されたことを話す。伯爵はミッツィーが不快なら無理に同行は勧めないが、侯爵との縁組は自分から見ると悪いものではない、と言う。令嬢が黙っているので、伯爵は、息子を認知したことが気になるのかと尋ねる。ミッツィーは、侯爵が町娘に子どもを生ませ、その町娘は死んでしまったという触れこみを信じているふりをして答える。「それでかわいそうな町娘は捨てられて破滅してしまうのね」。それに対し、伯爵は「よしてくれ、そんな小説本のような話は。だとしても侯爵の責任じゃないしな。ああいう町娘ってものはえてしてして早死にしちまうものだ。早死にしなかったら彼だって……」と答える。

たしかにミッツィーが町娘だったら、シュニッツラーの他の作品の町娘たちのように、運河に身を投げて死んでいたろう。しかし彼女の場合は、父にさえ知られずに出産し、一切を隠しおおせたのだ。侯爵は、もし相手が町娘だったら冷酷に捨てただけだったろうが、相手が伯爵令嬢なので、事件をもみ消すためにあらゆる手段を惜しまなかった。上流階級の令嬢の運命は、町娘ほど厳しくはない。しかも令嬢は、どうやらこの時点になって気持ちを変え、もとの鞘に収まるらしいことが暗示される。侯爵夫人の死後も侯爵の求婚を拒み続けてきたミッツィーだが、画業のみに打ち込んだわけではなく、結構男性関係にも事欠かなかったことがすでに示されている。最後に三五歳の妻帯者で、彼女の絵の師匠であるヴィントホーファー教授が登場し、彼女の新生活が暗示される。令嬢は教授に、彼との関係が終わったことを婉曲に悟らせる。教授もその辺は心得ていて、「つまり私に御用がなくなったということですね」と言う。おとなの火遊びはこれで終わった。

一切は、社会のルールに従って丸く収まりそうである。イプセンの作品が人生の虚偽を暴露することに向けられていたとすれば、このアイロニカルな劇は、上流階級の人々がいかに巧みに真実を弥縫《びほう》するかを描いており、伯爵令嬢が俗にいう「すべてをなあなあで済ます」という虚偽意識を無意識に発動させることが喜劇的なのである。原題は『家庭の日』であるが、『水いらずの日』と訳すと、作品の皮肉がある程度浮かびあがるであろう。

異色の歴史劇

大歴史劇『ベアトリーチェのヴェール』　シュニツラーの本領といわれるのは、世紀末のウィーンを背景にする心理会話劇、現代の社会劇だが、歴史的素材を扱った戯曲も意外に多く、処女作『アルカンディの歌』や『パラツェルズス』は韻文で書かれている。

『ベアトリーチェのヴェール』は、ルネッサンスを題材とした五幕構成の大歴史劇で、一九〇〇年にはすでに完成している。世紀末には、ルネッサンスを人間復興、人文主義というような進歩的、肯定的な面からのみとらえる考え方に疑義が提起された。たとえばニーチェは、チェザーレ＝ボルジアという人物を君主（支配者）道徳の体現者と見なしている。

今世紀初頭に『チャンドス卿の手紙』で言語への懐疑を表明したホーフマンスタールが、詩の形式を捨てて伝統的な劇構成に活路を見い出そうと手がけた作品が『救われたヴェネチア』である。一八世紀のイギリスの作家オトウェイの史劇が粉本だが、ここに描かれたヴェネチアにも世紀末の史観が反映している。陰謀の渦巻く、残酷で退廃した社会だ。シュニツラー描くボローニアも、ホーフマンスタールのヴェネチアと似通った相貌をもっているが、この両作品の比較研究はまだあまり行われていない。どちらの劇も演出家ブラームによって、ベルリンの舞台で初演されている。

ニーチェが引用したボルジア自身は、この作品に登場こそしないが、大きな影を投げかけている。舞台であるボローニアを包囲しているのがボルジアの率いる教皇軍なのだ。町の陥落は迫り、市民たちの命はあと一夜しか残されていない。大方の貴族は、最後の一夜に歓楽の限りを尽くして生を燃焼させるつもりのようだ。大公は一六歳の美女ベアトリーチェを夜伽に選んだが、大公妃になるならという彼女の条件が受け入れられ、教会で結婚式をあげる。彼女は宮廷詩人フィリッポ＝ラスキという恋人がいた。しかしラスキは、大公妃になった夢を見たと物語ったベアトリーチェを潜在的に不実な女と見なし、彼女を斥けた。この夢のモチーフは、フロイトの『夢判断』を思わせる。妹思いの兄フランツェスコは、彼女を慕っているヴィットリオと、この町の最後の夜に教会で挙式させるつもりだったが、彼女と大公の結婚が決まるとヴィットリオは自殺する。

生への執着

だが念願の大公妃となったベアトリーチェは、挙式の後に自分がフィリッポを愛していることを悟り、花嫁のヴェールをつけたまま、彼の住居に逃げる。自宅に引きこもって死の準備をしていたフィリッポは、彼女に、明日を待たず共に自殺して永遠の愛を成就させることしか望まない。動揺するベアトリーチェを見ながら彼は毒杯を仰ぐ。

ベアトリーチェ　（叫ぶ）フィリッポ、あたしも――そうするわ！（彼女は彼の手から毒杯をとる）あなたと一緒に！（毒杯を口にもっていく）

フィリッポ　（軽蔑するように彼女の手から毒杯を叩き落とし、後ずさりして倒れるので、奥の小部屋への小階段のところに、頭は部屋に入った形で倒れる。倒れ込みながら）自分を偽るな、逃げろ！　人生が待ってるぞ！

ベアトリーチェ　フィリッポ――あんた――私も死ぬわ――見ていて（杯をとろうと身を屈める）一言言って！　私も死ぬわ！　まだ死なないで！　一緒に行くわ――そこにいて――フィリッポ――話して（彼を凝視する）これが死なの？――いや、いやだ！――フィリッポ！（叫ぶ）話してよ！

彼女は結局死ぬ勇気を失い、この件の露見を恐れて大公のもとに帰ることに決めるが、花嫁のヴェールを落としていってしまう。大公にヴェールのないことを見とがめられた彼女は、申し開きのために大公をフィリッポの邸に連れてゆき、彼の死を確認させようとするが、妹の恥知らずの行動を怒った兄に刺殺される。

この作品は、一九〇〇年ブルク劇場で上演を予告されながら不可解な理由で中止され、バールやザルテンがブルクの支配人シュレンターに抗議表明を出している。ブレスラウやベルリンではすぐに上演されたこの劇がブルク劇場にかかったのは、四半世紀を経た一九二五年のことであった。上演が遅れたことに対し、オーストリアの史劇ではなかったためだ、という弁解が行なわれたが、『緑のオウム』（一八八九年）がすぐ演目から消えたことを考えても、世紀末にはブルク（官廷も含めて）に反シュニツラーーロビーがあったらしい。

蹉跌の英雄

『若きメダルドゥス』

別の歴史劇『若きメダルドゥス』は、ナポレオン戦争のアスペルンの戦いの百周年の年（一九一〇年）に発表されたが、愛国的な史劇とはほど遠い非英雄《アンチ・ヒーロー》の劇であり、中心人物であるナポレオンは劇中には登場しない。序幕つきの五幕、登場人物は実に七九人という大規模な史劇で、序幕はシラーの史劇『ヴァレンシュタイン』の第一部のように、ナポレオンに占拠される前後の時期のウィーンの下層、小市民階級の反応を描いている。第二次世界大戦後に、名優クワルティンガーが戦中戦後を風見鶏のように時流に順応して動く庶民の典型として『カール氏』という一幕物を自作自演したが、序幕に出てくるワクスフーバーはまさに

『若きメダルトゥス』の舞台写真

そういう庶民を先取りしている。ひとかどの愛国者気どりで群衆とともにフランス軍の使者を撲殺したこともある彼は、占領下になると市民的勇気の持ち主だったエッシェンバハーをフランス軍に密告し、銃殺させる。

線《リーニエ》の内側の上流市民や貴族階級の反応も似たようなものである。メダルドゥスは小市民階級の出だが、フランス人に殺された父の仇を討つため

に、母から英雄になるべき教育を受け、ウィーン占領後はナポレオンの暗殺を計画する。ところが運命の悪戯でその方向が狂ってくる。それは彼の妹の情死事件だ。当時オーストリアに亡命していたフランスの正統の王位継承者フランソワ＝ド＝ヴァロアが、高貴な血統ではない彼の妹とドナウ河で心中したのである。妹の死が、身分違いの結婚を許さなかったヴァロア家にあると考えた彼は、ウィーンで亡命王家を維持しているヴァロア家への復讐を計画する。フランソワの妹エレーヌ王女を誘惑し、それに成功したらそのスキャンダルをぶちまけるのだ。ところがメダルドゥスは、エレーヌに本当に恋してしまう。しかしエレーヌは、ナポレオンの策略で彼と関係をもつことになる。この裏切りを知ったメダルドゥスは、シェーンブルン家に赴くエレーヌを暗殺することで私情の復讐を遂げ、皮肉にもそれでナポレオンの命を救うことになる。エレーヌはこの日、ナポレオンを暗殺する決心をしていたのである。

　メダルドゥスが完遂した英雄的行為は、ナポレオンによって提示された恩赦を拒み、銃殺を選んだことだけであった。運命の裏切り《ベルフィディ・ド・ラ・フォーチューン》によって蹉跌する反英雄の劇だからこそ、悲喜劇と考えることもできる。第一次世界大戦前後に、このような愛国的とはいえぬ史劇が書かれ、しかも一応の成功作となったのは、ウィーンの懐の深さ、寛容さを示す面だともいえるだろう。

心理会話劇の傑作

微妙な対話による構成　この章では、最近になって再びよく取りあげられるようになった『広い国』(一九一一年)とそれに似た構成をもつ『孤独な道』について触れてみたい。一九〇四年に初演された、社交界の複雑な人間模様を描く会話劇は、一九九〇年にリュック゠ボンディによってパリで、九〇年には女流演出家アンドレア゠ベートによってベルリンのシャウビューネで上演され、シュニッツラーがチェーホフの作品のように現代とさまざまな接点をもち得る作家であることを立証した。

『孤独な道』　登場人物の運命は、束の間だけ触れ合い、そして離れていく。すべての人物たちは孤独な道を歩むことになる。微妙で複雑な含みをもった対話が主体で、劇的な事件は表には出てこないので、舞台効果には乏しく、高い技量をもった役者たちのアンサンブルでなければこの劇の世界を作りあげることはできないとされる。

孤独であることを悟らぬ唯一の人物は、芸術よりも事務的な能力のある芸術アカデミー院長ヴェークラートで、第一幕は彼の邸である。

ヴェークラートには、息子フェーリックス(一年志願の龍騎兵将校)と娘のヨハンナがいる。が、フェーリックスは、実は妻のガブリエレが結婚寸前に、画家のユーリアン＝フィヒトナーと関係し捨てられた時にできた子である。ガブリエレは第一幕ですでに死の床に伏しており、子どもの秘密は主治医のロイマン博士にしか打ち明けずに第二幕では世を去っている。娘のヨハンナには予見能力があるようで、「母の上に次第にヴェールのようなものが降りてきて、遠くに引き離される」のを、つまり母の死を予感している。彼女が慕っているのは、父と同年輩の劇作家シュテファン＝フォン＝ザーラなのだが、彼が心臓病で余生がいくばくもないことも彼女は予知している。そしてザーラに結婚を申し込まれたヨハンナは、彼に殉じるために、終幕では彼より先に水死してしまう。死によって結ばれるふたりだけが孤独の道を歩まずにすむが、ヴェークラートにはヨハンナの死も理解できない。

これが劇のおおよその見取り図である。画家ユーリアンがガブリエレを捨てた後、近しい関係にあったのはもと女優のイレーネ＝ヘルメスである。彼女は今は引退して田舎の妹のところで穏やかな生活を送っているが、人生が日没に近づいてきた今となって、結婚もせず、生の証である子どももたなかった淋しさに耐えられずに、ユーリアンにその淋しさを打ち明ける。ユーリアンはといえば、かつて結婚前のガブリエレと駆け落ちの手筈まで決めながら、自分の自由な生活が失われることを恐れて彼女を見捨てたのだが、今になって実の息子フェーリックスにそれを打ち明けたくなる。最後にはフェーリックスはそれに気づくけれども、むしろユーリアンを避けるようになる。

ペシミスティックな幕切れ　少しつけ加えるなら、主治医ロイマンも第三者ではなく、ヨハンナにひそかに思いを抱いているらしい。またフォン＝ザーラは、この死滅したようなウィーンの社会を離れて、古代都市バクトリアの発掘探検旅行に出かけようとしている。第一次世界大戦前には、こうした探検旅行がよく企てられていたらしい。シュニツラーの作品では、とくにウィーンの社会から脱出する出口のような役割を帯びている。自分の余生の短いことを知らぬフォン＝ザーラは、ウィーンの社交界に別れを告げようとしているだけでなく、士官のフェーリックスにも同行を誘う。ユーリアンが実の父であることを知ったフェーリックスは、積極的にこの誘いに乗る。早くに妻と娘を失っているフォン＝ザーラは、さらにヨハンナに妻としてこの旅に同行してくれないか、と頼む。ザーラの新生活への意欲は、ロイマンを通じてザーラの余生の短いことを知っているヨハンナを、覚悟の自殺に追いやるのである。ヨハンナの死を知ったザーラは、恐らく直ちに彼女の後を追うだろう。

フォン＝ザーラは舞台を去る時、「どうやらもっといい社会が生まれつつあるような気がする――精神より生き方がものを言う時代が――」と言う。これは未来への讃歌ではなく、精神の時代が崩壊し、現実生活の重視される時代が来ることの予見である。いわば滅びの美学というようなものであり、劇の終わりに未来へのひとすじの光明を示すチェーホフとは違った、皮肉なペシミズムが混じっている。そしてシュニツラー自身、第一次世界大戦後に自分の予見の到来を体験することになるのである。

この劇の幕切れのセリフを言うのは、ヴェークラートである。実の父ユーリアンを前にして、あえて自分はヴェークラートを父と呼ぶという気持ちをこめて、フェーリックスがヴェークラートの手を握りしめ、「お父さん！」と呼ぶ。ユーリアンはこのデモンストレーションにいたたまれず、その場を立ち去る。しかしヴェークラートはそれに気づかず、「どうしてこの（おとうさんという）言葉をまるで初めて言うみたいな言い方で口にしなきゃならんのかね」と言う。孤独に気づかぬ最も孤独な俗物芸術家を、冷たくアイロニカルに見ている作家の目は冴えわたっているといえよう。

虚偽社会のエクスキューズ『広い国』　その七年後に書かれた悲喜劇『広い国』は、大戦前夜のウィーンの上流社会が舞台である。「人間の心は広い国だ」という作中のセリフは、劇中の主人公によって語られるのではないことをまず注意しておきたい。主人公の実業家ホーフライターこそそのような心の持ち主と考えることもでき、複雑な人物の関係が彼を軸として展開される。『広い国』は、虚偽の社会に生きる人々の行動のエクスキューズとしても用いられるのである。交わされる会話は洗練されているが、それはその「皮相性」においてといった方がよい。

この社会では結婚は不貞のゲームである。フリードリヒ＝ホーフライターの妻ゲーニアはこのゲームに乗ることができない。舞台は主にウィーン郊外バーデンの別荘であるが、最初の話題は、あるピアニストがゲーニアへの報われぬ恋のために自殺したという話である。ゲーニアは、貞節を守ることを夫の愛情をとり戻すための最後の手段としたのだが、その試みは空しかった。ホーフライターの唯一の友人アイガーは、今は山荘を経営している。彼の別れた妻でもと女優のアンナは、虚偽社会のルールを認めず、夫の不貞を知ると直ちに離婚し、女手ひとつで息子オットーを育ててきた。オットーは今は海軍士官候補生で、バーデンの別荘の常連である。ホーフライターは三幕で常連であるヴァルナー家の令嬢エルナと危険な山頂を極めてから、急速に親しくなる。しかし、その夜ホテルで彼がこの女性と関係をもつまでの会話は慎重を極めているし、翌朝ホテルで知人たちに会ってふたりの関係を悟られてしまうことを恐れた彼は、その早朝にホテルを発ってしまう。彼はゲーニアと離婚してこの若い娘と結婚する決心までしているのだが、それまではスキャンダルを避けねばならない。そういう彼の因習に忠実な行動は、感情を率直にあらわすことを恐れない若い世代のエルナには理解できない。

『広い国』のポスター

しかも彼の妻ゲーニアは、長期の探検航海を前にしている初々しい海軍士官オットーと関係をもってしまう。妻の部屋の窓からオットーが夜中に出てくるところを目撃した彼は、その事実を仇敵である銀行家ナッターに握られると、因習に従ってオットーに決闘を申し込み、しかもかつての情事の相手アデーレを妻とするナッターに介添人を依頼する。隠れた動機として、若い娘エルナに対する老年コンプレックスが、若いオットーに対して向けられたと考えてもよいであろう。彼はオットーを倒した後に、オットーの母アンナと平気で談笑する冷酷さをもっている。オットーの死を知ったゲーニアは、彼の非情さにショックを受ける。しかしホーフライターは、エルナの愛情も受けとらない。彼は自分の青春が終わったことを知り、それと告別するのである。この態度は、老年のカサノヴァを描いた小説『カサノヴァの帰郷』につながっていくように思われる。

ウィーンでは、ブルク劇場の不動の演目だったが、八九年にパリでも上演されて高い評価を得た。

三つの一幕物『言葉の喜劇』　三つの一幕物集『言葉の喜劇』（一九一五年）は、言葉への懐疑をシュニツラー風に扱ったものである。妻の不貞を知りながら虚偽の結婚生活を送っていた男が、娘の結婚を機に妻クラーラを離別する『認識の時』、虚偽を真実のように口にする技術を日常生活にも適用する俳優を扱った『大芝居』、言葉を使うことで結婚生活の危機を救う『バッカス祭』で構成されている。

『大芝居』の俳優ヘルボートは、休暇中に若い娘ヴィルマと関係をもつが、ヴィルマの婚約者に対しても、妻に対しても、策略と持ち前の弁舌を使って巧みに回避してしまうという話である。この俳優の場合には、人生で虚偽の芝居を演ずることと毎晩の舞台とが区別できなくなっているのである。

『バッカス祭』は、劇中の作家フェーリックス＝シュタウフナーの創作中の作品の題名である。フェーリックスは作品執筆のために六ヶ月間ひとりで山にこもっていたが、その間に妻のアグネスは、芸術家とは正反対の、スポーツマンの青年実業家ギードと恋愛関係に陥る。帰宅する夫を乗り換え駅ザルツブルクに迎えに行くことになったアグネスは、ギードとそこに出かけ、彼と新生活を始めることを宣言するつもりだった。汽車が遅延し、また夫が予期しないところからあらわれたために、ふたりは結局その関係を打ち明けることができず、夫妻は何もなかったように「友人」ギードに別れを告げる。作家は勿論情事は悟っているのである。

この作品でむしろ興味をひかれるのは、作家が妻の情人を沈黙させるために使う創作中の劇『バッカス祭』の話である。バッカス祭は古代ギリシアの一夜限り（この掟は厳しく守られる）の性的な狂乱の話であるが、彼はその風習を現代の「どうしようもない心理」「虚偽と自己欺瞞」と対比し、言葉に表現し得ないコミュニケーションの重要さを説くのだが、彼が能弁を使って妻と情人に何ひとつ語る暇を与えないのは皮肉である。情人は去り、残された妻に夫は「私は君を憎む」と言い、妻は「私の方が千倍もよ」と言い、愛情をこめて「ダーリン」と言う。この幕切れは、後に述べる『夢小説』と並べて考えることもできる。

Ⅳ　ユダヤ人問題をめぐって

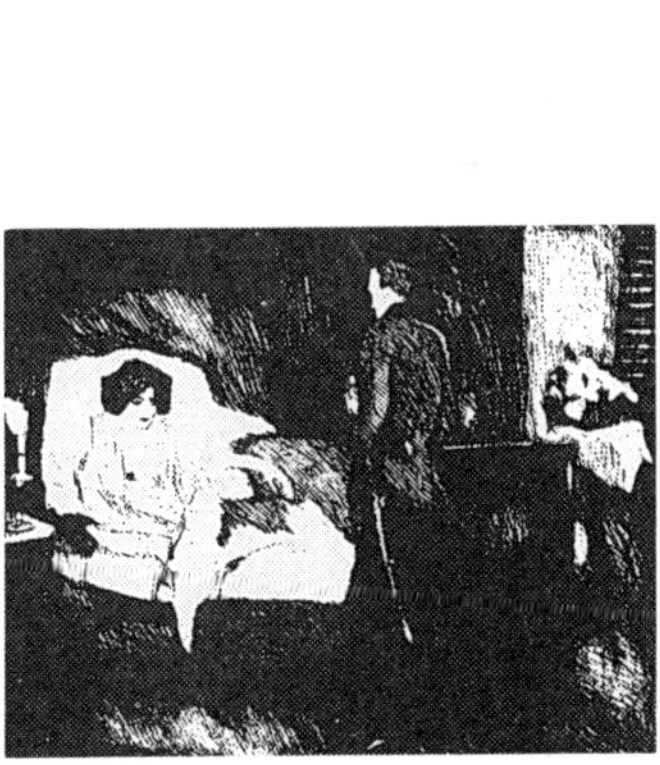

『自由への道』と『ベルンハルディ教授』

ユダヤ人問題に対する立場　まえがきでシュニツラーとユダヤ人問題については多少触れたが、この問題に正面から取り組んだ彼のふたつの作品を扱うにあたって、冒頭に述べたユダヤ系のウィーン人の三つに大別できる立場をもう一度ふり返ってみよう。

ひとつの立場は、ユダヤ人差別の問題になるべく触れないことが、結局はこの差別を解消する最良の方向だと考える。この派の人々の中には、ユダヤ系という自分の出自を自分でもほとんど意識しなくなっているから、同化の努力さえもはや必要ないと確信しているホーフマンスタールのような文人もいる。こういう立場のメダルの裏面と考えられるのは、ユダヤ人内部の差別意識で、とくに西欧世界に同化し、社会的地位ももつようになっているユダヤ人には、下層民の多い東欧系ユダヤ人を蔑視する姿勢が認められる。

また同化の努力が昂じて、同化する国の国民以上に国粋的になるユダヤ人もいた。たとえば、軍隊に入ることは同化した国家への忠誠の証しとなる。ドイツの作家エルンスト＝トラーは、ユダヤ人であるために、第一次世界大戦勃発の時はまだ高校生なのに、ドイツへの忠誠心を示すために志願して前線に赴き、何度も死線をくぐった。彼がその愚を悟って平和主義的な世界変革者に変身するのは、前線での悲惨な体験の所産である。ドレフュス事件で有名なドレフュス大尉がフランスの軍人になった動機も似たようなものだったかも知れない。

シオニストの立場

この立場と正反対なのがシオニストたちである。これらのユダヤ国粋派は、ユダヤ人としての誇りと自覚をもち、反ユダヤ主義に対して徹底的に戦った。彼らから見れば、同化のためにユダヤ教を捨ててキリスト教の洗礼を受けるユダヤ人は、許しがたい変節漢ということになる。シオニズムの代表的人物はショーレム＝ヘルツルだが、彼についてシュニツラーは非常に興味ある発言をしている。前述したようにシュニツラーは、学生時代からヘルツルを知っていた。学生時代のヘルツルは、むしろゲルマン人になろうと努力する第一のタイプに属していたらしい。メロドラマ『アルト＝ハイデルベルク』に登場する学生帽と色とりどりの（出身地別の）綬を肩にかけた学生団体は、ドイツ的ナショナリズムの典型だが、ヘルツルもこういう学生団体に所属し、柄に「F・V・C（栄えよ生きよ成長せよ）」という銘の入ったステッキを持ち、リング通りを闊歩していたそうだ。ところがドイツ人以上に国粋的なユダヤ系の同化派学生を学生団体から閉め出す処置がとられるようになると、ヘルツルも学生団体を追われ、その恨みつらみが彼をシオニズムの設立に向かわせることになったのである。従って、そういうヘルツルのいわば「サウルからペテロへの」変身を知っているシュニツラーが、ヘルツルやシオニズム運動に批判的だったことは理解できる。

ヘルツルとの関係

しかしシュニツラーは、ホーフマンスタールのように、ユダヤ系出自を「抑圧」して忘れてしまおうとしたのではなかった。彼は一方では差別の本質を見極めようとしながら、シオニストたちの過激なユダヤ国粋主義にも批判的で、いわば第三の立場に立つ人であった。そして私には、彼のとった立場が当時としては最も理性的であったと思われるのである。

ヘルツルは一九〇四年に過労のために急逝する。この頃はドイツ国民党のゲオルク＝フォン＝シェーネラーやキリスト教社会党のカール＝ルエーガー（ウィーン市長）による反ユダヤ運動が政治的にも力を持ってきていた。ヘルツルに距離を持ち続けたシュニツラーの中に、ヘルツルの有名な言葉、「避けることのできぬ理念というものがある。肯定するにしろ否定するにしろ、黙殺するにしろ、どの態度もその問題とはかかわっていることになるのだ」という言葉が、負い目として意識に残ることもあったかもしれない。

ウィーン社交界のパノラマ

シュニツラーの小説『自由への道』は一九〇八年、戯曲『ベルンハルディ教授』は一九一二年の発表だが、制作の時期は実際はもっと早かったといわれている。

『自由への道』の原題にあるインス-フライエは、正しくは「開けたものへの」と訳す。古くは「広野への道」とも訳された。束縛からの解放を求めて、という意味にもとれるが、この小説は、世紀末のウィーンの社交界の生活を、とくに芸術にかかわっている若い世代の眼を通して描いたものので、モデル小説の側面ももっている。我々にとって重要なのは、音楽家の主人公の交遊関係の中に、多くのユダヤ系の家庭や人物を登場させ、折に触れてユダヤ人問題について語らせている点である。ユダヤ人問題のみならず、階級闘争的な社会問題も点景人物を通じて触れられている。

主人公はユダヤ人ではなく、ゲオルク＝フォン＝ヴェアゲンティンという若い作曲家で、父を失い、外交官補の兄とふたりでウィーンで生活している。彼の親友である劇作家、ハインリヒ＝ベアマンはユダヤ人であり、ドイツを愛していた彼の父はドイツ人の策謀で地位を追われたが、ベアマンは熱狂的なシオニストにはならない。シュニツラーはこの作品に、自分の分身とはっきりわかる人物を登場させることは避けているが、このふたりの青年に自分のある部分を投影している。

ウィーンの社交界のパノラマのようなこの作品の筋だけを語るのは難しい。ゲオルクはやや優柔不断の青年で、一時期はユダヤ人エーレンベルク家のサロンに出入りしてその家の娘エルゼとかなり親しい関係にあったが、結局はロスナー家の令嬢アンナと婚前の関係に入り、アンナは彼の子を身ごもってしまう。未婚の母というスキャンダルを避ける当時の慣習に従って、アンナはウィーンの郊外に移され、生まれた子は里子に出される筈であったがその子は死に、アンナとも結局は結婚に至らずに終わってしまう。

内面への道こそ「自由への道」

ここには、シオニストからアンチセミティストに至るまでのさまざまな立場の人物が登場する。たとえばアンナの弟ヨーゼフは、反ユダヤ主義を掲げる新聞「キリスト教日報《クリストリッヘ・ターゲボーテン》」に就職する。一方エルザの父エーレンベルク氏は、シオニズム運動の共鳴者で、パレスティナを訪問さえしている。階級闘争の背景も取り入れられており、社会主義運動とかかわりを持つユダヤ人の兄妹、レオとテレーゼ＝ゴロウスキー、医師でありながら議員として政治活動にかかわり、最後にはまた研究生活に戻るシュタウバー博士のような人物も出てくる。入隊中に自分を虐待した上官と決闘するレオは、反ユダヤ主義者ヨーゼフ＝ロスナーとは学校友達であるというように、さまざまな立場の人々が社交界を通じて交遊関係にあり、主人公が友人たちと交わす会話では、このような「時の問題」が重要なテーマとなる。レオの妹テレーゼは、社会運動家として入獄したこともある。

ユダヤ人の子なのに、反ユダヤ主義の立場をとる人物の典型はシオニスト、エーレンベルクの息子オスカーである（『ベルンハンディ教授』に登場するシュライマン博士もこれに似た立場である）。

そうした中で、ユダヤ人問題について作家シュニツラーに近い見解をもつのは、中庸の立場をとっているユダヤ人劇作家ハインリヒではないかと思われる。しかしその立場は、ユダヤ人がドイツ人社会に同化してしまえばよいと考えるような単純なものではない。

『自由への道』というタイトルは、この長編の中頃で、主人公ゲオルクとハインリヒの交わす会話からとられている。ドイツを祖国と信じながらそのドイツに裏切られた父をモデルにした政治劇を書こうとしているハインリヒは、父を悲喜劇的な人物ととらえている。ゲオルクはハインリヒを素朴な同化主義者だと考えていたのだが、ハインリヒは意外にも「完全な同化」という解決はそんなに早く到来するものではないこと、ユダヤ人はいわば人類の酵素《フエルメント》のような役割をもつこと、その過程はなお千年、二千年を待たねばならないという見解を披瀝するのである。「自由への道」はパレスティナに移住してユダヤ人国家を建設するというヘルツル的な考え方では達せられない。ハインリヒによれば、自己自身の内面への道こそ「自由への道」なのだ。ハインリヒとゲオルクの対話は、作家シュニツラーの自己対話と言えなくもない。安易に同化の可能性を信じたい自分と、もっと根源的な自己対決の必要を感じている自己との相克を、この対話から感じとることができるのである。

ハインリヒは、同じ血族のシオニスト、レオとの論争では、歴史的発展の精神《ガイスト》を認める人文主義者《フマニスト》、啓蒙主義者としての立場をとる。これはベルンハルディ教授の立場にも近いが、シュニツラー自身が、徹底的にこの内面への道を自ら実践したとは思われず、自己批判的な苦悩が感じられる。

ホーフマンスタールとの確執　しかし彼自身が自作『自由への道』を非常に重視していたことを示すエピソードがある。それはこの小説をめぐっての、友人ホーフマンスタールとの確執である。往復書簡集によると、一九〇八年七月に、この小説を贈呈されたホーフマンスタールは、「この小説と私は非常に不幸な関係にあり」「黙っていることもそれに触れることもつらい」

と告白している。それに対してシュニッツラーは、「自分はこの小説に何年もかかわってきており、ホーフマンスタールがこの作品によって気持ちをかき乱されたと感じたことははなはだ遺憾に思う」と返事している。これにはさらに深刻な後日談がある。一年余も経った一九一〇年一〇月に、あなたの子ども（作品）といつまでも不和でいるのはいやなので、もう一度あの作品を送っていただけないか、実は当時「私はあの本を〈偶然か意図的にか〉汽車に置き忘れてしまって今手元にないのです」という手紙を書いている。この手紙に対して、温厚なシュニッツラーは珍しく激しい調子の返信をしたためている。「私が献呈した著書を〈偶然か意図的にか〉汽車に忘れ、二年経ってからそれを伝えるというやり方は実に不愉快です」。この抗議に対し、ホーフマンスタールはただちに丁重な詫び状を送ったので、ふたりの関係は修復されたが、作品に対するホーフマンスタールの率直な見解は結局は伏せられたままだった。

ホーフマンスタールは、触れたくない問題を逆撫でされたような気持ちを抱いたのであろう。ホーフマンスタールの作品を考えると、長篇『アンドレーアス』のフェルンエンゲルという姓をもつ成り上がり貴族アンドレーアスは、彼自身の出自を思わせる人物だが、これをユダヤ人同化問題にまで拡大はできない。ただホーフマンスタールも潜在的に抱えていたユダヤ人の問題が、この事件によって顕在化されたとはいえるだろう。

ユダヤ人問題の核心

『自由への道』から、その核心に触れる部分を一箇所だけ引用しておこう。

これはシオニズム運動が歴史発展の精神に反すると主張するハインリヒに対する、富豪エーレンベルクの発言である。

「オーストリアに自由主義《リベラル》運動を興したのは誰です？　ユダヤ人ですよ！　そのユダヤ人を見捨て、裏切ったのは誰です？　自由主義者《リベラリスト》たちですよ！　オーストリアにドイツ国粋主義運動を興したのは誰です？　ユダヤ人ですよ！　そのユダヤ人を見捨てたのは――見捨てたなんてもんじゃない――犬のように唾を吐きかけたのは誰です？　ドイツ人どもですよ。社会主義についても共産主義についても今同じことが起ころうとしています。スープが食卓にのる段になると、あなたたちは食卓からユダヤ人を追い払う。今までもこうだったしこれからもこうでしょう」。

最後の「共産主義」についていえば、『自由への道』の執筆された時期と、トロツヤーが脱獄亡命してウィーン郊外フッタードルフに亡命していた時期（一九〇七～一四）とは重なっているし、ヨーゼフ＝ロートにはこの時期のトロツキーを扱った小説がある。トロツキーは、党内でユダヤ分離主義に反対するインターナショナリズムの立場をとったが、シュニツラーがこうしたことに全く関心をもたなかったとは考えにくい。

『ベルンハルディ教授』の舞台

『自由への道』以上にユダヤ人問題に正面から取り組んだ戯曲『ベルンハルディ教授』は、一九六二年、作者の生誕百年に上演されて以後、しばしば舞台にかかるようになった。題名の主人公は、ウィーン大学とは別の基金によって運営されているエリーザベティヌム病院及び研究所の所長である。こういう名は現実には存在しないが、暗殺されたフランツ＝ヨーゼフの皇后エリーザベトの名をとった病院があってもおかしくない。この病院のモデルは、シュニツラーの父が院長をしていたウィーン総合診療《アルゲマイネ・ウィーナー・ポリクリニック》病院である。

事件の発端は、患者の瀕死の娘である。流産による敗血症のためといわれているが、非合法の堕胎が原因かもしれない。最後に打ったカンフル注射の効き目で、患者は一時的に元気になり、回復の希望さえ抱き始める。主治医である教授も娘をこの幸福《オイフオリー》の状態で死なせてやろうと思っていた。だが、すでに病院の報告を受けた教会は、死ぬ前に聖油を施し、罪の赦しを与えるために、神父を派遣してしまった。神父が終油を施しに来れば、娘は死期の近いことを悟り、絶望に突き落とされてしまうだろう。そこで教授は神父が娘の病室に入るのを阻止しようとする。しかしその神父が病室に入る前に、看護婦から神父の来訪を聞かされた娘はショックを受け、容態が急変して死んでしまう。

これだけの事件が、ユダヤ人問題を背景にした大きな政治事件に発展する。教授は神父を突きとばして入室を拒んだことにされ、事件は国会の査問にかけられる。さらにそれに病院内の人事問題がからんでくる。退職する皮膚科のトゥーゲントフェッター教授の後任に、ベルンハルディ教授はユダヤ人のヴェンガー助手を推薦するが、敵対者であるエーベンヴァルト教授は才能のないドイツ人医師ヘルを推し、院内が二派に分かれている。若き日の作者を思わせる人物もベルンハルディの息子オスカー、教授の助手として登場する。

ユダヤ人問題を軸にした展開

研究所内の二派は、ユダヤ人対ドイツ人という単純な図式では色分けできない。ベルンハルディ側の神経科のツュプリアーン教授、眼科のプフルークフェルダー教授はドイツ人であり、一八四八年の三月革命の体験に裏打ちされたリベラリズムを失っていない。ツュプリアーンの方がどちらかといえばリアリストである。半ユダヤ人のアードラー講師、ユダヤ人のレーヴェンシュタインもベルンハルディ派だが、熱烈な支持層ではない。ユダヤ人の咽喉科講師シュライマンは反ベルンハルディ派で、この派に属するのは婦人科のフィーリッツ、今度退職するトゥーゲントフェッター自身である。この争いには陰湿な形でユダヤ人問題がからんでおり、ベルンハルディの敵対者エーベンヴァルトはそれを戦略に用いる。

さらに制度改革の問題がからんでくる。以前は私設のこの病院（研究所）の反対者だったフリントが文部大臣になり、この病院に国庫補助を与えて改革しようという案を抱いている。彼はエーベンヴァルトには批判的だが、結果的には政治的理由でベルンハルディに不利な立場をとる。宮廷顧問官ヴィンクラーも文部行政にかかわっているが、彼の方が公正な立場である。別のエピソードとして、ベルンハルディの息子の学友であるユダヤ人医師が、ユダヤ人であるために設備の悪い田舎町に左遷されて妊婦を死なせてしまい、医師資格を剝奪されるという事件が加わる。

ユダヤ人差別を扱いながら、シュニツラーは、善玉悪玉に人物を色分けすることを避けている。たとえば事件の発端となった神父は、彼なりに誠実な人物で、教授が彼を暴力で阻止したというのは事実に反すると法廷の証言を拒んだために教会当局の心証を害し、田舎の教会に左遷されることになる。現代のカトリック作家ハインリヒ＝ベルは、本当に人間的な神父が陽の当たらぬ場所に追いやられる状況をしばしば作品にとりあげて頑迷なカトリシズムを批判しているが、ここでも教会の機構そのものが批判の対象になっている。カトリックと反ユダヤ主義の関係は、たとえば政界におけるキリスト教社会党などの描写を通じて暗示されている。シュニツラーはもうひとつの反ユダヤ政党ドイツ国民党よりも、カトリック社会党をより厳しく批判しているが、それはドイツ国民党がいまだに四八年以後のリベラリズムの伝統をわずかながら残していたためであろう。彼には教会と差別の癒着の方が許しがたいものと映ったのかもしれない。

「論争の劇」

当面の対立者だった神父は、証言を拒んだだけで真実を言わなかった立場をひそかに説明しにやって来る。この時彼と教授の間で交わされる行動についての論争は、聞きごたえのあるものになっている。この作品は重厚な論争劇《ディスプート》であり、それだけでもシュニツラーをただ「エロスと死の作家」と裁断することがいかに誤りかがわかる。ユダヤ人問題は論争のひとつの視点に過ぎず、政治・社会・神の問題・理想と現実・科学と宗教というテーマについて、白熱した議論が展開される。

『ベルンハルディ教授』の　評　価

『ベルンハルディ教授』が喜劇と銘うたれているのは、作者がこれを殉教者の英雄劇にしたくなかったためであろう。主人公は勿論信念をもつ頑固で理想主義的な人物だが（それは医師出身の文部大臣で旧友のフリントとの二幕の長い対話でも明らかだ）、イプセンのある種の作品のように、信念のために破滅する悲劇のヒーローではない。劇の中では、彼が現実の状況を見ながらとる態度は絶えず変わっていく。ただ生来の真面目さのために、それが必ずしも柔軟な対応にならないだけである。

事件は国会の査問を経て裁判事件となり、教授は禁固二ヶ月の判決を受けるが、彼が出獄する第五幕では、殉教者の彼を罪に陥れた側を非難する世論の方が強くなっている。しかしそういう状況の中で、彼はもはやエーベンヴァルト一派の陰謀を暴く回想録を書く気もなくしている。劇は教授と政治的な理由で自分の態度を正当化しようとする官僚医師フリントとの対話、及び肯定的に描かれた教育行政家ヴィンクラー教授との長い討論で終わる。劇の終わり方はドラマティックではなく、むしろオープンな幕切れに近いといえる。発表された頃の劇界の状況を考えれば、この作品が当時舞台で成功しなかったのは当然であり、構成からいっても現代的な作品である。

『ベルンハルディ教授』の上演写真

この作品が一九六二年に上演された時、ジークフリード＝メルヒンガーは、今日では作品のテーマであるユダヤ人問題は色褪《あ》せ、むしろ討論劇としての生命力が立証されたと言っている。七一年には、W＝H＝ライが一冊本の『ベルンハルト教授論』を刊行したが、ここでは著者はこの作品を、デュレンマットの傑作喜劇『ロムルス大帝』（一九五八年）に登場する「負のヒーロー」の先駆だと言っている。一方、八五年にH＝カウレンは、この作品に、アドルノやホルクハイマーが「啓蒙の弁証法」と呼んだものが先取りされている、と言っている。

シュニツラー自身の意識

シュニツラーがユダヤ人としてのアイデンティティの確認や自己対決を徹底的に行ったとは言い難いが、ホーフマンスタールよりはるかに厳しくこの問題に取り組んだことは確かである。一九三三年のナチスの政権奪取、三八年の独墺合併以後にナチスの計画したユダヤ人絶滅案は、予想をはるかに上回るものであったが、ヒトラーの反セミティズムの発想に、若い頃のウィーンの生活で培われた部分があることは否定できない（一九八九年に、ユダヤ人作家ジョージ＝タボリは、ウィーン時代にヘルツルとヒトラーが邂合するという設定の劇『マインーカンプ』を発表している）。

シュニツラーの場合には、この二作を除くとユダヤ人問題を正面から扱ったものは少ないが、その関心の大きさを計り知ることはできよう。

V

晩年のシュニツラー

第一次世界大戦の勃発

戦争に対する厳しい批判

シュニツラーは、第一次世界大戦の勃発の年、一九一四年の六月にスイスに滞在しており、サラエボにおけるオーストリア皇太子夫妻の暗殺（六月二八日）後、混乱した交通機関を使ってようやくウィーンに戻った。戦争が勃発すると、ほとんどの文学者が少なくとも初期には愛国的な姿勢を示したのに対し、非政治的と見られていたシュニツラーほど戦争を厳しく批判した文学者は、「炬火《たいまつ》」の発行者だった痛烈な風刺家カール＝クラウス以外には見当たらない。没後に発表された『権力者たちの語源』というエッセイで、彼は英雄主義の欺瞞を完膚なきまでに暴いている。

「彼は英雄的な戦死を遂げた、と言う。だのになぜ、彼は英雄的に自己損傷行為を行った（兵役義務を逃れるために自分の身体を自分で撃って傷つける行為。発覚すれば勿論軍法会議にかけられる）と決して言わないのだろう」。

また『戦争と平和』という論文では言う。

「戦争に関する辞書は、外交官や軍人や権力者によって作られる。本来ならこの辞書は、戦争からの帰還兵、戦争未亡人、医師、作家によって作られた方が正しいものができるだろう」。

政府に煽動された各国の民衆の戦争への熱狂、詩人の愚昧《ぐまい》さを攻撃し、「私は部屋に風通しがよくなることを好むから戦争はいいものだ」と言ったドイツのハウプトマンをその愚かさの例にあげている。戦争によってシュニツラーの創作姿勢が変わるということは全くなかった。むしろ戦争による全体主義的な風潮に対し、個という問題に以前以上に固執するようになったともいえる。この個へのこだわりの背景として、階級闘争が表面化してくるのである。

シュニツラーの書斎

ジャーナリズムへの風刺

戦時中に発表した劇作は、ジャーナリズムを風刺しながら、アイデンティティの喪失を突いた『フィンクとフリーダーブッシュ』であった。「現代」誌の議会番記者フリーダーブッシュは、週刊誌「エレガントな世界」にフィンクのペンネームで「現代」とは正反対の立場の記事を書く。たとえば鉱山労働者のストに関して自分の書いたふたつの記事は対立し、自分と分身との決闘記事まで捏造《ねつぞう》する。こういう筋からもわかるように、登場人物は喜劇的類型に誇張されており、ヴェーデキントやシュテルンハイムの劇に近いものになっている。

　対立意見は、一面的な立場の硬直化を避けるという意味では市民文化の遺産であるが、フリーダーブッシュのように、自ら対立を作りバランスをとることに使命感をもって何ら矛盾を感じない人間のアイデンティティはどこに存在するのであろうか。

さらに恐ろしいのは、権力者が自らコントロールしてある程度反対意見を発表させ、世論を操作していくというやり口で、「現代」の編集長ロイヒターはその黒幕である。それより百年も前にアダーム＝ミュラーは、プロイセンの政府に「国策的な政府寄りの新聞を発刊し、また政府の黙認下に反政府的民衆紙を同時に発行する」という案を売り込んでいる。この作品の戦時下の初演の二年後には、ベルリンで自分の利敵行為の資料を提供していたスパイのケースが明るみに出たが、このような例は枚挙にいとまのないことであろう。

老醜のカサノヴァ

戦争末期に、シュニツラーはカサノヴァを扱ったふたつの作品に力を入れている。恋のアヴァンチュールに生きる冒険家（数寄者）の範疇《はんちゅう》に入るシュニツラーの登場人物は相当な数に達するが、その歴史的なプロトタイプと考えられるカサノヴァを初めて扱った小説と戯曲は、第一次大戦の末期に執筆されたのである。親しいまどいの人であったホーフマンスタールには、早くからカサノヴァの回想録から題材をとった作品があり、とくに『クリスティーナの帰郷』の主人公フロリンドはカサノヴァその人と考えてもよい。ホーフマンスタールの場合は、この作品の船長トマソのように、浮草のような冒険家とは正反対の誠実で人生の支えになる人物によって、不常に対する不易が対置されている。一方、リヒァルト＝シャウカールが描いたカサノヴァ（作品ではアンドレアス＝フォン＝パルタザール）は、アウトサイダーとしてのダンディという社会批判的な立場をもっているが、シュニツラーのカサノヴァはその中間と規定される（メルヒンガーの説）。まず小説『カサノヴァの帰郷』（一九一八年）においては、青春に決別を告げた『広い国』のホーフライターの後身のような老醜のカサノヴァを扱い、それとほとんど前後して発表した喜劇『スパーのカサノヴァ』（一九一九年）では、冒険家の栄光の時代を描いてみせるのである。

『カサノヴァの帰郷』は、最近新訳が出たので容易に読めるようになった。故郷のヴェネチアの監獄を逃亡して遍歴を続けていたカサノヴァは、ようやく追放の解かれる見込みがたって帰郷の途次、かつて関係をもった女アマーリアを押しつけて感謝されたお人好しのオリヴォーに訪問を懇願され、気の進まぬまま彼の館に赴く。アマーリアにとって彼の昔日の後光は失せていないが、彼が強く魅せられたのは、姪のマルコリーナであった。彼女は美しいだけでなく、当時の女性には稀な学問的素養があり、聰明な「新しい女」である。カサノヴァは彼女に理想の女性を見る思いがしたが、彼女は男性としての彼には全く関心を示さない。カサノヴァは彼女の恋人であるらしいロレンツィ少尉を相手に賭けをして、多額の借財を背負いこませ、夜マルコリーナの部屋へ彼の身代わりとなって忍び込ませてくれれば金を用立てようと脅迫する。こうしてカサノヴァは暗闇のなかで熱い愛の一夜を送ったが、夜が白み、マルコリーナが老いさらばえた替え玉の姿を見て嫌悪の眼ざしを注ぐのに堪えられず、絶望して部屋を去る。復讐のために待ち受けていた少尉を決闘で倒した彼は、一路ヴェネチアに向かう。彼を迎えた元老議員が提示した条件は、町の自由思想家たちに近づいて元老院に情報を提供するというスパイの仕事を引き受けることであった。

カサノヴァの魅力

この老醜のカサノヴァに対置される喜劇『スパーのカサノヴァ』は、まだ名声の後光をもち、ヴェネチアの牢獄の鉛房を脱走したばかりの三二歳のカサノヴァである。ベルギーのスパーに流れ着いたカサノヴァは、そこで旧知のフラミーニアに会う。彼女はかなり年上の男爵の夫人となっている。男爵夫妻の宿の隣室には、フェララから駆け落ちしてきた青年アンドレアと、まだ処女妻のようなアニーナが住んでいる。フラミーニアは、少女といった方がいいアニーナに妹のような好意をもつ。男たちが賭博に興じている夜、カサノヴァはフラミーニアとの旧交を温めるために彼女の部屋に忍び込むが、部屋をとり違えてアニーナと一夜を過ごしてしまう。替え玉というモチーフは『帰郷』と同じである。アニーナはこの取り違えの一夜をカサノヴァに感謝し、彼にスパーからの逃走を勧める。

事があらわれた時、アンドレアは激昂し、また昨夜待ちぼうけを食ったフラミーニアのプライドも傷つくが、カサノヴァがいかに巧妙にこの状況を切り抜けるかに興味がかかる。カサノヴァは寓話の形で提示された「二人姉妹の姉の愛人が、誤って妹の寝室で一夜を過ごした時、誰が最大の裏切りを体験したことになるか」という設問に対して、数学的には差引ゼロになり、裏切った者も裏切られた者もいないことになる、と答える。裏切る、裏切られるとは直訳であって、ドイツ語では夫が妻を、または妻が夫を裏切るとは、浮気をする、貞節《トロイエ》を破るという意味になるので、このウィットは訳しにくい。一方、カサノヴァが追いかけている女は娼婦的な踊り子テレーザであり、彼女はカサノヴァのもとに戻って来るばかりか、彼の窮境を救うことに一役買う。カサノヴァの考える「貞節《トロイエ》」とは、どこへ行っても男のもとに「再び戻って来る《ヴィーダーケーア》」ことなのである。主人公のカサノヴァは、良心の欠落した薄情者というより、オッファーマンスの言うように、「自然がやさしい魔力を発揮させた時」を見定めて自分の腕を奮うことを本能的に知っているナイーブな人間という方が当たっている。彼が操の堅いアニーナに間違いの一夜を感謝されるのも、そのような「自然の力」によるのだろう。美しい五脚抑揚格《ヤンブス》で書かれ、劇的にもみごとな構成をもったこの作品の魅力は、手短かにはとても述べることはできない。

この作品は、シュニツラーの作品でほとんど唯一の陽気な喜劇である。このような喜劇が、敗戦直前の時期に執筆され、戦争直後に初演されたのである。大戦中には、六八年も在位したオーストリアーハンガリー帝国の象徴的存在であるフランツ＝ヨーゼフが没している。ユダヤ人の作家ヨーゼフ＝ロートの『ラデツキー行進曲』などからは、彼にとってこの皇帝の死が大きな意味をもっていたことがうかがえる。それに対し、シュニツラーにはこの死がほとんど意味をもっていなかったように見えるのは、留意してもよいだろう。

不遇な晩年

戦後の生活

第一次世界大戦の敗戦後、一九三一年の死に至るまでのシュニツラーの作品が、戦後の時期を一切扱っていないことはしばしば指摘された。そのためにシュニツラーには「消えてしまった時代にかかずらう作家」というレッテルが貼られることになった。だがその理由を、シュニツラーが消滅してしまったオーストリア-ハンガリー帝国の世界に愛惜の情を抱いていたためと限定するのは全くの誤りである。彼は、ホーフマンスタールが過去の宮廷的な社会の精神的基盤にこだわることに対しては批判的であった。絶対主義が二〇世紀まで生き延びたようなこの国家形態に告別することは、シュニツラーにはむしろ容易なことであった。彼はこの過去をすでに完了したものと考えていた。すべての国家に戦争の責任があるととらえた彼は、この問題に完全に正しい判断を下すには、過去に遡って歴史を追求していかなければならないと考えたのである。戦後の彼が開戦前夜までの過去にこだわり続けた理由はそこにある。

帝国の崩壊は彼の個人的危機を意味しなかったが、ただこれまでの創作姿勢を新しい時代の中で建て直すことには相当の努力を必要とした。それに、彼の私的な生活にもいろいろの問題が生じていた。妻のオルガは、一九一八年から、家庭に出入りしていた作曲家ウィルヘルム＝グロースと関係をもつようになっていたが、一九二一年に彼女との離婚が成立した。オルガは以後ドイツに住み、一二歳になった娘のリリーは父のもとに残った。息子ハインリヒはすでに俳優の教育を受けていた。しかしオルガとの接触は絶えることはなかった。シュニツラーは五九歳でまた独身者となったわけだが、復縁の希望をもっていたオルガに対しても、彼の後の伴侶となったクラーラ＝カタリーナ＝ポラチェックに対しても、結婚生活に入ることを拒否した。

この時期には彼の若い崇拝者ヘディ＝ケムプニーとの書簡が残されているし、遺書でフランスの版権をすべて与えた翻訳者シュザンヌ＝クローゼ（シザン＝クラウザー）とも、友情以上の関係があったと推測されている。シュニツラーが誤解を避けるために作品の上演を禁じていた『輪舞』がフランスで比較的早く映画化されたのは、シュザンヌに版権があったためである。このロマンスについては、最近出版されたグリーザーの『ウィーンの恋』の中にかなりくわしい記述がある。三〇歳の人妻である彼女が、『花』のフランス語訳をもって尊敬する老詩人のもとにあらわれたのは、一九二七年秋のことであった。

戦後初の戯曲

戦後の一時期に演劇界を席捲した表現主義は、中年以上の世代の劇作家にとっては脅威であった。大戦中に実験的に表現主義劇の上演を始めた大演出家ラインハルトさえ、戦後の表現主義劇の観念性、抽象性にはついていけなくなり、ふたたび「言葉の演劇」に回帰する方向をとり、一時はベルリンを去って古巣のウィーンのヨーゼフシュタット劇場に里帰りした。こういう状況の中で、シュニツラーは次第に戯曲創作の意欲を失っていったようである。新しい劇の破壊的な傾向に対して、彼は意識的に劇形式を守ろうとした。だが、戦後から死に至るまでの時期に戯曲は三本しか執筆されておらず、晩年の創作の比重は散文作品に傾いていった。

彼が戦後最初に発表した戯曲『誘惑の喜劇』（一九二四年）を評した作家ムージルが、「シュニツラーが手慣れたリアルな描写を離れ、彼には異質の理念からのドラマを書こうと試みている」と言ったのが正しいとすれば、多少は新しい傾向を意識した面も認められるかもしれない。

この劇において、誘惑者を演ずるマックスは恋の冒険家であり、貴族である伯爵令嬢アウレーリエ、ブルジョアで銀行頭取ウェスターマンの娘ユーディット、俳優フェンスが父であるから庶民出身といってもいいヴァイオリニストのゼラフィーネを誘惑し、それぞれの女性たちを自覚に至らしめる。しかし、この喜劇は政治的な劇でもある。第一幕は一九一四年五月一日の侯爵邸の春祭りの夜で、デンマークの海岸が舞台の最後の幕は一九一四年八月一日、つまり第一次世界大戦の開戦の日である。シュニツラーの全作品が、それ以降の「時代」を扱っていないことは既に述べた。ここには大戦前夜のさまざまな身分、階級の人物群像の行動様式が書き込まれているのである。検事ブラウニーゲルは、戦争を道徳的な清浄化のために必要と考える戦争心酔者で、最後には冒険家マックスまで彼に説得されてしまう。祭りのホストであるアルドゥイン侯は、ユーディットを道連れに、戦争に突入したらヨーロッパを逃れるためのヨットを準備している。銀行家のウェスターマンは戦争勃発の噂を聞いて自殺する。

こういう大戦前夜の群像の百鬼夜行図を背景に、ひとつの軸となるのは学者肌のファルケニーア男爵とアウレーリエの関係である。アウレーリエは多くの求婚者の中から男爵を選んだのだが、哲学的な彼は、彼女に潜在的なアヴァンチュールへの欲望があることを見抜いている。また、画家ギューザルの描いたクリムトを暗示するような自画像にも、アウレーリエはそのような潜在的な部分がとらえられていることを予感する。しかしマックスの誘惑を受けた後、ファルケニーアとの間は修復し難くなって、ふたりは開戦の日に、貴族階級の没落を暗示するように入水自殺を遂げるのである。

ユーディットはマックスに誘惑されて愛への信条をもつようになる。ゼラフィーネはマックスの子をみごもり、その子を育てようと決心する。構成は形式的に整えられており、第一幕でマックスに誘惑された三人の女性のひとりずつの軌跡を三つの場面に分けて追跡し、第二幕は、第三幕でふたたび全員が顔を揃える。シャイブレは、この作品の重心をアウレーリエとファルケニーアの悲劇に置きすぎることは疑問だとして、幕切れが『カサノヴァの帰郷』のモチーフのひとつに似た、一五歳のホテル支配人の娘ギルダが、いい年をした宮廷俳優フェンスに誘惑される暗示で終わっていることに注目している。

読む戯曲《レーゼドラマ》　『池への入水の道』（一九二六年）の時代は一八世紀の中頃であるが、戦争を回避しようとする政治家の試みが失敗するという劇中の事件は、第一次世界大戦前夜を連想させる。ユダヤ人の迫害を避けて長らく外国に行っていた詩人ジュルヴェスターが、幼い頃から彼を崇拝していた政治家マイエナウ男爵の令嬢レオニルダの家に戻って来る。彼は外国に自分の子を宿した愛人を残しているが、レオニルダと結婚する希望を抱く。しかし別の求婚者の出現でその希望が失われた時、彼は池に身を投げる。この作品は韻文で書かれているが、劇的な事件を表に出さず、すべて報告で行うという形をとっているため、舞台の効果は稀薄で、「読む戯曲」という感じが強い。頑なにテキストに求心する芝居を書こうとしたことが、時代の傾向に対するシュニツラーの無意識の抵抗であったのかもしれない。

最後の劇『夏の風の戯れ』

『夏の風の戯れ』は、ファウストの「我々は風に押されるたびにゆれ動く戯れなのだ」という句を思わせる。人間は風にたゆたうはかない存在であるが、この作品では、人間は風まかせであっても風は厳しい運命のような暴力的なものではない。時代は世紀末、夏の別荘地の家庭内のささやかな事件を描いている。登場人物も、彫刻家の教授夫妻と高校生の息子、夫妻の姪の女優の卵とその婚約者の若い医師、神父、彼の双生児の少尉など、これまでのシュニツラーの作品でおなじみの人物たちである。教授の息子の高校生が年上の従姉妹の女優に抱く淡い恋情、彼女と若い医師のすれ違い、教授の妻の軽い浮気や少尉の決闘の話が出てくるが、いずれも深刻な結末を迎えないままに終わる。シェイクスピアの『あらし』のように、『夏の風の戯れ』がシュニツラーの最後の劇にふさわしい。軽やかな劇だが、晩年の陰鬱な哀しさが基底に響いているような気がする。

ハインリヒ＝マンは、晩年のシュニツラーに同情的だった。「人々は彼を無防備で途方に暮れた人間と見なし、幸運に弄ばれる球だと思っているが、こんな見方は老巨匠の品位を傷つけるものであり、禁ずべきだと思う」と述べている。一見風の戯れに諦観のように身を委ねているが、そこには時代遅れの作家と軽んじられるようになった自己への自嘲も込められているようだ。この作品は、作家の突然の死の一月ほど前の一九三一年九月に初演されたが、一四回再演されたに過ぎなかった。一九九三年に、ミュンヘンのレジデンツ劇場で久々に上演されている。

晩年のシュニツラー

「愛と死」のレッテル

シュニツラーが「恋と死しか書かぬ作家」というレッテルを貼られたのは、戦後の彼の言動にもやや責任がある。

戦争のウィーンは、インフレ、ゼネストなど激動の時代を体験し、一九二七年九月のゼネストでは九〇人が射殺され、フロリスドルフでは労働者の蜂起が鎮圧される事件もあった。ホーフマンスタールの場合には、こういう直接状況に対決しようとする姿勢が認められるが、シュニツラーの場合には、戦後の情勢よりも戦前の問題への関心が強かった。三〇歳若い作家フランツ＝ヴェルフェルが語った次の言葉が、非社会的作家シュニツラーというイメージに大いに貢献しているのではなかろうか。

「数年前、シュニツラーが、彼の芸術はもう過去のもので、アクチュアルではないという批判を読んだ時、彼は笑って言った。『私は愛と死を描いている。そして私はこういう現象が水兵の暴動ほど普遍的ではなく時代に即していないとは思わない』」。

ヴェルフェルの発言は、シュニツラーが時流におもねる作家ではないことを立証する目的でなされたのだが、愛と死という部分にアクセントが置かれすぎてしまったのである。初期の短篇小説『牧笛』などを読むと、その中に下層民の暴動のストーリーが入ってくるので、先入見なしにこの作品を読んだ時は戦後に書かれた作品だと思ったが、創作年を調べてみたら、一九一〇年の作品であった。

晩年の小説

シュニツラーが晩年にも戦前の作品と同じテーマを繰り返していたとして、それを創作力の衰えと考えるのは全く誤っている。一九二四年に発表した本格的な小説『令嬢エルゼ』は、内面独白という形式からいえば『グストゥル少尉』と同じ試みである。しかも事件の日付けは、オペラ女優レナールがマスネーの『マノン・レスコー』を歌ったということから、一八九六年九月三日に起こったと推定できる。しかし、設定が世紀末であっても、この小説は、戦後のインフレの時期と、それに伴って起こる金銭万能という世相が明らかに反映していて、『グストゥル少尉』と同じ時代背景の物語とは思えないほどである。深窓の令嬢といってもいいエルゼの深層にひそむ衝動の解剖なども、自意識の欠如したグストゥルの描き方とは違っている。

あらすじを述べるのは簡単である。高名な弁護士の父が横領の罪に問われぬために至急大金を用立てねばならなくなる。令嬢のエルゼは避暑で伯母や従兄弟と山地のホテルに滞在中だが、家から電報と速達を受けとる。ユダヤ人である父が、今同じホテルに滞在中の旧友のユダヤ人の美術商ドルスダイに、金策を懇願するように指示してきたのだ。美術商はエルゼに、三万グルデンの金を用立てる代償として全裸の姿を一目見せることを要求する。彼女はこの条件に応じるかどうか懊悩を重ねた末、自分の死を空想する。そういう状況の中で潜在している性的コンプレックスが解放される。錯乱状態の中で、彼女は裸体の上に外套をまとい、ドルスダイの部屋を探すうち、いつかホールに下りてきている。客の弾くシューマンの謝肉祭のピアノを聞きながら、エルゼは衆人環視の中で裸体を示し、失神する。彼女が深い眠りに落ちるところで小説は終わっている。

エルゼが一九歳の生涯を終えるかどうかはともかく、ここでは、エルゼと、エルゼを金銭で売ることを考えている父親に、戦後のブルジョア階級の没落が暗示されている。この小説は経済的にかなり困窮していたシュニツラーの生計を潤すことになり、一九二九年には名女優エリーザベト＝ベルクナーの主演で映画化もされた。

『裁判官の妻』と『夢小説』

『裁判官の妻』は発表は一九二五年だが、早くから腹案のあった作品だから、厳密には戦後の作品とは言い難いが、フランス革命以前の一八世紀を扱った歴史物である。ある大公の腹上死事件から始まり、その相手だった女庭園師、その兄で革命運動のために処刑されるトビーアスに政治的に無節操な日和見主義者を対置し、啓蒙された女性などを配した、うまくできた娯楽作品ともいえよう。戦後のドイツの革命運動に対するシュニツラーの見方は、国家の変更ばかりを考えて人間を変えることを考えぬ混乱した頭の連中の暴挙というやや保守的なものであったが、その考え方も反映している。一八四八年の三月革命が遺していった啓蒙主義が未だに未成熟であると考えていたのが、シュニツラーのもち続けた進歩的な部分であった。

作品研究の対象としてほとんど選ばれることのない『裁判官の妻』に比べると、一九二五年から「上流婦人《ディーダーメ》」という雑誌に連載された『夢小説』は、重層的な構成によって多くの論文にも扱われている。一九〇七年にすでに腹案をもっていたこの作品のテーマは、一口で言えば夫婦関係である。主人公のフリードリーンは開業医で、妻アルベルティーヌとの間には六歳の娘がいる。一見幸福な家庭を築いているこの夫妻も、実はエロスの衝動の暴力的な力にさらされている。夫は、アヴァンチュールに誘われて現実の体験をし、妻は夢の中で潜在的な衝動の解放を体験する。そしてお互いに罪を意識するが、それによって新しいコミュニケーションの可能性が生まれるのである。この危機を回避する過程はごく短期間ではあるが、混沌として波乱に満ちたものである。

重層的な構成

この夫妻は、潜在的にもっているエロスの衝動について、デンマークの海岸でのお互いの体験を話す。妻は黄色の鞄をもつデンマークの青年に、夫は一五歳の少女に何が起こっても不思議ではないほど強くひかれながら、偶然の状況によってその欲望は満たされぬままで終わる。この告白は、これまでの作品にあらわれた告白ごっことは異なり、もっと真摯《しんし》な感じがする。しかしフリードリーンは、男女の出会いが偶然ではないことを自分に納得させるために、これまでどんな女の中にも君を求めていたのだと思うと妻に言いながら、妻が心の中で抱いた不貞に憤りを覚える。その復讐の機会はあった。自分が主治医をしている顧問官が急死すると、その遺骸の前で故人の娘のオールドミスから愛を打ち明けられる。彼がそれを拒んだのは、婚約者のいるこの老嬢のみじめさだった。しかし彼は、衝動をあおりたてるような春の風に誘われ、まだ子どものような売春婦ミッツィーに従って彼女の家に行く。彼女は考えられないほど素直な女性で、彼の性病への恐れを察してやさしく接したので、感動を覚えながらそこを立ち去る。

あるカフェーで、医学部の学友で今はピアノ弾きをしている男から、上流階級の秘密クラブの放埓な仮装舞踊会のことを聞いた彼は、渋る男を説得して、貸衣裳屋を叩き起こして僧侶の衣装を借り、その宴に忍び込む。まさにデカダンスの極みであるこのパーティでは、顔の仮面以外、一糸まとわぬ女性たちが群がっている。フリードリーンは、見知らぬ女性から危険だからここを出るように警告される。遂に彼は正体を見破られ、全員の前で仮面をとるように命じられるが、脅迫に屈せず仮面をとらない。彼に警告した女が、自分はどんな犠牲を払ってもいいからこの男を逃してくれと嘆願する。フリードリーンはこの女性を危険にさらして生命を全うしたくはないと言い張るが、無理矢理押し出され、目隠しした馬車に乗せられて送り返される。馬車を放り出され、帰宅した時は四時を過ぎていたが、ベッドのアルベルティーヌは悪夢にうなされていた。夫に起こされた彼女は悪夢の内容を物語る。その内容は、彼女の潜在的な衝動を暗示するものであり、また部分的には、今夫の体験してきたアヴァンチュールと重なる部分もある。また、夫がデンマークの一五歳の少女の顔に似た侯爵夫人の求愛を拒んで拷問を受ける時は、サディスティックな喜びさえ覚える。この夢は実に丹念に構成されていて、複雑な分析にも十分耐え得るものである。フリードリーンにとっては、夢の不貞は現実の不貞と同じ、もしくはそれ以上と考えるので、この夢に釈然としない気持ちをもつが、結局翌日の間に、自分の罪を自覚するようになるのである。病院の勤務が終わった後、彼は売春婦ミッツィーに昨日の礼に手土産を持って行くが、彼女は性病で入院した後であった。大きな気がかりは、昨夜我が身と引き替えに自分を逃がしてくれた女性の運命であった。新聞でD男爵夫人の自殺の記事を読んだ彼は、それが彼女ではないかという不安にとらわれる。そこで解剖研究室にいる友人を訪れ、変死体を見せてもらう。ひとつの死体が彼女のようでもあるが、よしんば彼女でなくても、昨日の話はこの女のように過去のものとなったのである。

現実と夢のアヴァンチュール　深夜に家に帰ったフリードリーンは、心の底から自分の一切のアヴァンチュールを打ち明ける気持ちになっている。アルベルティーヌは黙って一切を聞いた後、微笑みながら言う。「運命に感謝すべきじゃないかしら、私たちがいろんなアヴァンチュールを無事に切り抜けられたことに——現実のアヴァンチュールと夢のアヴァンチュールからね」。彼女はさらに言う、「一夜の現実が、全生涯の現実よりももっと心の奥底の真実をあらわすことがあるものよ」と。

エロティックなアヴァンチュールを軸にして展開されてきたこの物語の中に、実はいくつかの倫理的な姿勢や行動がさりげなく描き込まれている。最後にこの作品は、ほとんど倫理的といえる展開を見せる。アヴァンチュールの克服によって得られた和解の目ざめは、勿論永久のものではない。しかし、ともかく夫婦の和合は訪れたのである。そしてアヴァンチュールの夜ではない、秩序の世界の朝が訪れることで、この小説は終わっている。この作品の夢分析に非常な関心を示したフロイトは、わざわざシュニツラーに親書を送ったほどであった。

『未明曲』

『未明曲』(一九二七年)の主人公は、『グストゥル少尉』と同じような旧帝国の歩兵少尉カスダである。賭博で退役し出納係になった元同僚が、千グルデン足らずの使い込みをし発覚すれば破滅だと借金を申し込んで来る。彼にも持ち合わせがなく、コーヒー店で行われている賭博でその金を作ろうとする。必要な金以上の大金を儲けてそこを出たが、偶然が重なってまた賭博場に戻り、悪魔的な領事に一万グルデン以上負けた上、期限までに返さぬ時は司令部に訴えると脅迫される。残る手は、義絶状態にある伯父に肩代わりを懇願することしかない。

予想した通り、伯父は願いを拒否したが、伯父がひそかに若い妻を入籍し、彼女の意のままになっていることを知る。驚いたことに、その女性レオポルディーネは昔は花売り娘で、彼が一夜の誘惑に成功したことがある。彼は彼女の家を探し出して借財を申し込む。夕方まで待ってくれと言われた少尉は、その晩「上流の令夫人」に見えるレオポルディーネの訪問を受け、旧交を温めて二度目の愛の夜を過ごすが、暁方に立ち去ろうとする彼女を慌てて引きとめようとする。彼女は少尉の狼狽を冷笑するように千グルデンを投げ与える。少尉は恥辱を忍びながら、さらに不足の一万グルデンを貸してくれと懇願すると、彼女に手痛い復讐を受けるのである。かつて少尉が花売り娘の彼女をものにし、暁方にそそくさと立ち去る時、彼女に一〇グルデン与えていった。今の千グルデンはそのお返しであると彼女は冷たく言い放って立ち去っていく。少尉は初めて、自分が娼婦のように身体を売って借財の金を手に入れようとしていたことを悟る。それによって将校の名誉を傷つけたことを自覚した彼は、ピストル自殺を遂げる。

賭博と女しか念頭にない自堕落な将校の生活は変わらないが、カスダ少尉は事件がもみ消されてしまえば反省の色もないグストゥル少尉と違って、真の名誉の感情をもち自己反省の能力のある分だけ人間的にはすぐれており、戦後の方が旧陸軍に対する批判がかえって穏やかになったともいえるのである。

最後の長篇『テレーゼ』

『テレーゼ――ある女の一生の年代記』（一九二八年）はシュニツラーの最後の長篇小説といってもよい。というのは、それ以後に発表された作品は、すでに以前にほとんど完成されたまま発表していなかったものだからである。『テレーゼ』の基本構想は、一八九二年に発表した短篇『息子』と似ている。一〇六の短い章から成り立っており、生み落とした時に殺そうとした私生児の息子に殺される女テレーゼ＝ファビアーニの生涯を描いている。シュニツラーの晩年の小説について考察したW＝ライの著作の中で『テレーゼ』だけが除外されているのは、この作品が様式的には他の作品と異質であるためである。時代の流行、とくに表現主義のスタイルを全く拒否していたシュニツラーは、この作品では、一九二五、六年頃から始まる新即物主義のスタイルに近づいているともいわれる。

『息子』で殺される母とは違って、テレーゼは最下層の階級ではなく、退役した中尉の娘だが、父が発狂して一家の「没落」が始まる。田舎貴族出身の母は、テレーゼを金持ちの貴族に押しつけようとするが、テレーゼは家を出る。彼女は計画的な生活設計を好まず、運命の流れに身を委ねる。堅実な医学生よりも、永続性のない少尉マックスを選んだのもそのあらわれである。彼女が自活のために選んだのは、支配階級と使用人階級の中間にある家庭教師《グヴェルナント》という職であった。家庭教師としていくつかの家庭を転々としながら、彼女は情事の遍歴を重ねる。

淡々と描かれる情事のエロティックな行動様式は、『輪舞』を思わせる。テレーゼが妊娠した時、父に当たる男の心はすでに離れており、男は姿をくらましてしまう。彼女がひとり自分の部屋で分娩し、新生児を窒息死させようとして失敗するところは『息子』と同じであるが、息子に対しては、責任感と自分の身を守るための愛情拒否というアンビバレントな姿勢をとる。子どもは田舎の里親に預けて職を続けるが、たまに会う息子よりも、自分が預かっている主家の子どもへの愛情を優先させるのである。母と息子の愛は育まれず、母の愛を知らずに育っていった息子は、あらわれるたびに金の無心をするやくざな男になった。この小説は母のパースペクティヴからしか語られないが、息子の歪んだ成長過程も間接的に知ることができる。母親は自分の生活を守るために息子を憎悪しながらも、常に嬰児殺し未遂という罪の意識を感じる。

この小説の中の医師が口にする「道徳的狂気」は、かつてシュニツラーが医師として読んだロンブロゾーに出てくる術語である。最後に刑務所を出て金の無心に来た息子が、虎の子の金を守ろうとして騒ぎたてる母親にさるぐつわを嚙ませ、そのショックで母親を死に至らせるまで、長い過程が「単調で即物的」に語られていくが、読者の興味を支えるのは複雑多彩な背景である。母が死の前に医師に対して「あの子に罪はありません、私が彼にしたことの仕返しをしただけです。あの子をひどく罰してはいけないのです」と言うのは『息子』と同じであるが、ここでは情状酌量が認められず、一二年の禁固刑に処せられるところで終わる。

不遇な晩年

『テレーゼ』以後、シュニツラーは『決闘介添人』と『闇への逃走』の二篇しか発表していないが、いずれも旧作である。また死後三〇年を経て初めて発表された幼

シュニツラーと娘のリリー

時からの回想記『ウィーンの青春』は、彼が戦時中に口述筆記させたものであるが、この興味ある回想録は彼が作家活動に移る以前の時期で閉じられている。

　晩年のシュニツラーは非常に不遇であった。すでに耳の疾患が進行して聴力が減退しており、そのことからくる心理的な孤独感に悩まされていた。後に演出家として多くの父の作品を手がける息子のハインリヒはすでに俳優としてデビューしていたが、離婚後家庭は崩壊していた。一九二七年六月末に、彼の支えであった娘のリリーが一七歳で、二〇歳も年上のイタリアの将校アルノルド＝カッペリーニと結婚した。ファシズムを信奉していたといわれるこの将校と、シュニツラーがどのような関係にあったのかは詳かではない。二八年四月から五月にかけて三週間ほど、シュニツラーはトリエステ、コンスタンチノープル、ロードス島を娘夫妻と旅行してヴェネチアに帰っているので、まだ破局は予感されなかったのかもしれない。だが七月二六日に、ヴェネチアでリリーが自殺したという悲報が舞い込んだ。娘の葬儀のためシュニツラーはヴェネチアに赴いたが、この死が彼に与えたショックは相当なものだったようである。一〇月一四日の日記に彼は「このあいだフロイトのところに行っている夢を見た――リリーを失った悲しみを癒してもらおうと思ったのだ。フロイトは『私も娘をひとり亡くしました』と言った（それは事実である）」。

シュニツラーは、娘の自殺には彼の一族に遺伝的に受け継がれている憂鬱症も原因だと言っているが、世代の問題もあったと思われる。ホーフマンスタールが息子フランツに自殺され、心痛のためかその葬儀の日に卒中の発作でなくなったのは、一年後の一九二九年七月のことであった。

無声映画への関心と最後の作品

晩年のシュニツラーが無声映画に関心をもち、積極的にかかわっていたことはあまり知られていない。『恋愛三昧』（一九二七年、ベルリン）『野獣』（一九二八年、ベルリン）『令嬢エルゼ』（一九二九年、ベルリン）には、いずれも台本作家としてかかわっている。サイレント映画のみならず、トーキーにもかかわることができた。小説『未明曲』は『デイブレーク』というタイトルで、アメリカのメトローゴールドウィンーメイヤー社で映画化され、その台本にも協力している。ジャック＝フェデ監督のこの映画は、シュニツラーの死の一ヶ月前の一九三一年九月に封切られたので、彼はこのトーキー映画も見ることができたはずである。

作品として最後に発表されたのは『闇への逃走』（三一年五月、「フォス新聞」）である。題名は遺作というにふさわしいが、実はこの作品は、一四年前にはほぼ完成していたといわれる。狂気にとらわれるのではないかという強迫観念にとりつかれたローベルトが、医師の兄オットーに、もし自分に精神錯乱の兆候が見えたら、速やかに殺してほしいと依頼する。ローベルトは小康と不安に襲われる日々を繰り返しながら、新たな安定を得るために婚約者パウラと世間からの逃走を試みる。

しかしパウラは不安を覚えて兄のオットーに相談する。パウラの代わりに深夜にあらわれた兄を見て、ローベルトは兄が自分にある処置をとりに来たのだと誤解して兄を射殺する。ローベルトは三日後、渓谷の斜面に死体で発見される。

ローベルトの狂気に至るまでの心理過程が、しばしば彼自身の視点から克明に描写されていく。恐らくこの作品には、家系の憂鬱症に不安を抱いていたシュニツラー自身の姿も投影されているのであろう。兄オットーには、医師であったシュニツラーの弟ユーリウス（一九三九年没、外科医）の反映を見ることもできよう。

シュニツラーのデスマスク

孤独な死と、批評、エッセイの刊行

シュニツラー自身は狂気の発作に襲われることはなかったが、その死は慰めのないものであった。一九三一年一〇月二一日、彼は自宅で、誰ひとり看取る者もなく脳卒中で世を去った。シュニツラーの追悼文については本書の初めにいくつかを紹介しておいたが、その論調からも、晩年のシュニツラーがいかに不遇であったかは知られるであろう。

シュニツラーは作品を通じてのみ発言した人と思われがちだが、倫理、心理、政治、歴史などの問題について、アフォリズムの形式で行った発言が一巻に収められている。また一八八〇年代から折に触れて書きとめられた論文、エッセイが『箴言と考慮の書』

および『言語における精神と行為における精神』のタイトルで一九二七年に出版されたが、アフォリズムが息子ハインリヒの手で出版されたのは一九三九年であった。一九七六年に、同時代の作家たちについての批評ノートがラインハルト＝ウアバハの手で編集されたが、シュニツラー自身が批評というものには拒否的な姿勢を示していたので、同僚たちへの批判は控え目である。

美学的、理論的な著述は少ないが、実際の作品に即して生産と受容、様式や文学上の流行現象、悲劇と喜劇、ユーモアやグロテスクなどに対する考察では、狭い文学論的立場を凌駕している。これはシュニツラーの世界観といってもよいが、彼は文学テクストの機能を、片や目標の限定された科学、片や合理性に基づかぬ自由な思弁という選択肢を前にして行う認識の媒体と考えていた。啓蒙主義の遺産である唯物論者、合理主義者、懐疑家としての側面と、解明できぬ暗い力にひかれる形而上家、観念論者という側面はシュニツラーの中にも見い出されるが、それを弁証法的な対立というような尖鋭化された形はなく、バランス感覚のようなもので一方に偏することを戒めていったのが彼の創作姿勢であると思われる。科学に対する批判は、彼においてはつねに、非科学的、非合理的なものを全面的に肯定する立場への警告と結びついていた。前者は自我を認識の中心と考える立場、因果律、ダーウィニズムなどであるが、シュニツラーはそういうものに対する懐疑とほとんど同じ程度に、近代心理学の認識から来る自我の不確定性というものをも全面的に肯定していたわけではない。フロイトやマッハに対しても、全くその影響下にあったとはいえない。

フロイトの讃辞

フロイトのシュニツラーへの讃辞として、よく引用される書簡がある。

「あなたの決定論と懐疑――人々はそれをペシミズムとも呼んでいますが――無意識なものの真実と、人間の衝動的な本性という問題にとらえられているあなたの姿勢、文化、因習的な安定を破壊するあなたの行動、つねに愛と死という両極にかかわっているあなたの思想、こういう一切のものは、私には不気味なほどの類縁性を感じさせます。……根本的な本質からいって、あなたは未だ存在したことがないほど全く偏見をもたず一切の恐れを知らぬ深層の心理探求者です。もしあなたがそういう人でなければ、あなたの芸術的な才能、言葉の芸術、造形力というものが存分に発揮され、あなたを人間の願望をはるかに越えた詩人にすることはなかったでしょう」。

たしかにこのオマージュをその通り受けとめてもよいのだが、シュニツラーは決定論者ではなかった。徹底した決定論者であったフロイトと、シュニツラーはこの点で一線を画している。シュニツラーは、個人の責任など無意味にしてしまうほどの決定論者ではなかった。限定的ではあるが、シュニツラーは、個人の責任を伴う意志の決定というものを認めていたのであり、その点で愛と死の詩人はモラリストであったということもできるのである。夢の象徴をエロティックに解釈するフロイトの立場は、バランスの人シュニツラーには一元的なものに思われたのである。

シュニツラーの墓

すぐれた政治感覚

第一次世界大戦において、政治に不信を抱いていたシュニツラーの戦争に対してとった態度は、カール＝クラウスを除くほとんどの同時代の作家のとった愛国的、好戦的な姿勢と比べれば、実に進歩的なものであり、愛国心や戦意が特定の利益団体によって操作されるものであることも見抜いていた。しかし戦後に、新しい人間の誕生を期待することは彼にはできなかった。彼の人間像はペシミスティックなものであり、民衆はもう新たな戦争には免疫になったと考えることは彼にはできなかった。ハプスブルク家の責任をいささかの容赦もなく見つめていた彼には、ワイマール共和制のような社民勢力を中心とする政治形態では、君主制を完全に解消するには微力と考えていた。戦後の平和運動や社会民主主義の理念に近いところにいながらも、結局彼は、伝統的保守的な思考の枠内にとどまった。しかし一九三〇年代の時点では、それはナチス独裁体制を予言していることでもあったし、それどころか現在の政治状況の急転を考えに入れれば、このエロスと死の詩人は、範とするに足る政治感覚を備えていたとさえいえそうである。

あとがき

アルトゥア＝シュニツラーは若い頃から気になる劇作家だった。ところが私の若い頃、つまり戦争直後は、現在の若い人は想像もできないだろうが、社会性（これはほとんど政治的という意味だった）をもたない作家はブルジョア的とレッテルを貼られて頭から否定されるというのが一般的な風潮だった。だから、「愛と死」ばかりを扱う作家と誤解されていたシュニツラーなどは、まちがいなく拒否される作家に入るのであった。旧制高校時代に『最後の仮面』を上演した時も、全く恐る恐るという感じで、ヴェルフェルの発言である「水兵の暴動より云々」という本書にも引用してある言葉を誰かが探し出してきた時には、それを護符のように使ったものだった。政治的な演劇など「ダサい」といわれる現在からみると隔世の感がある。

ところが後になってわかったのだが、シュニツラーは、左翼にも容認されていたハウプトマン程度の社会的な作品を相当書いていたのである。ただ日本では、「社会的」なシュニツラー劇が無視されていたにすぎない。正確にいえば、成瀬無極、山岸光宣という先達はこういう社会劇についてもきちんと紹介はしているが、翻訳や上演が行われなかっただけである。私も自分の無知を告白することになるが、シュニツラーがこれほどの社会劇、問題劇を執筆していた意味に気づいたのは、ごく最近のことであった。個人的な新しい発見の驚きが強すぎて、本書は「エロスと死」の作家シュニツラーという通念を打破しようとするあまり、社会的な姿勢を強調しすぎる結果になったと思う。こういうアクセントの置き方は、社会的な問題劇がおよそはやらなくなった現代では、「反時代的」ということになるかもしれないが、だとすればそれも時代の皮肉ということだろう。

もっとも二年前にこの原稿を脱稿して以降、今までなおざりにされてきた『ベルンハルディ教授』を扱う論文も発表され、新しい翻訳もいくつか出るようになった。しかし、翻訳は数多く出ているのに、シュニツラーのまとまった伝記のようなものはこれまで一冊も出ていない。本書はたたき台というにも足りない内容であるが、今後のシュニツラー研究の出発点になれば幸いである。

新たに獲得した私の体験に基づいていえば、『ベルンハルディ教授』はレッシングの『賢者ナータン』にも劣らぬ論争劇（寛容の劇とはあえて言わない）、『広い国』に至っては、ほとんど同年のチェーホフの四大喜劇のレベルに達しているほどの作品であるように思われる。

最後に、本書の刊行を立案して下さった清水幸雄氏、原稿の整理に多大のご協力をいただいた清水書院編集部の徳永隆氏、杉本佳子さんに、この場を借りて厚く御礼申し上げたい。

シュニツラー年譜

西暦	年齢	年譜	参考事項
一八六二		5・15、ウィーン、イェーガー街で生まれる。父ヨーハン＝シュニツラーはユダヤ系、咽喉医学の教授。母ルイーゼ、旧姓マルクブライター。	ハウプトマン誕生。ユゴー『レ・ミゼラブル』ツルゲーネフ『父と子』
六五	3	7・13、弟ユーリウス誕生。父は外科医を開業、ウィーン四区に住む。	ガシュタイン協定により、オーストリア、ホルスタインを領有（六六年の普墺戦争に発展）。
六七	5	12・20、妹ギーゼラ誕生。	オーストリア＝ハンガリー二重帝国成立。
七一	9	ウィーン、アカデミー＝ギムナジウム入学。作家アルテンベルク、ホーフマンスタールなども同じ高校の出身。	ドイツ帝国成立。ゾラ『ルーゴン・マッカール叢書』
七九	17	7月、大学入学資格試験（マトゥラ）合格。夏、アムステルダムに旅行。秋、ウィーン大学医学部入学。	ドイツ＝オーストリア同盟。イプセン『人形の家』
八〇	18	最初の詩がミュンヘンの雑誌に掲載される。	ドストエフスキー『カラマーゾフの兄弟』
八一			イプセン『幽霊』

一八八二	20	一年志願兵として、ウィーン陸軍衛生病院に勤務。	三国同盟（独墺伊）成立。
八三	23	5月、ウィーン大学医学部で博士号取得。8月、ミラノ旅行。9月、国立総合病院内科でインターンとなる。シオニストのヘルツルと文通を始める。	イプセン『民衆の敵』
八六	24	4月、メラーノに療養旅行。『彼の人生の冒険《アヴァンチュール》』のモデル、オルガ＝ワイスニックスを知る。11月、神経科の医局員となる。この年、定期的に詩や散文を若干の雑誌に発表し始める。	ランボー『イリュミナシオン』 トルストイ『闇の力』 ニーチェ『善悪の彼岸』 デ＝アミーチス『クオレ』
八七	25	父の雑誌「国際診療展望」誌の編集者となる。4月、皮膚性病科の医局員となる。	ロチ『お菊さん』 二葉亭四迷『浮雲』
八八	26	1月、外科医局員となる。一幕物『彼の人生の冒険』を自費出版。ベルリンに研究旅行、俳優ヨーゼフ＝カインツを知る。ロンドンに研究旅行。秋、総合診療病院で父の助手となる。催眠術療法を試みる。『アナトール』執筆に着手（九二年まで）。	ドイツ皇帝ウィルヘルム二世即位。 オーストリア社会民主労働者党統一大会。 シュトルム『白馬の騎手』
八九	27	医学論文「機能的失語症と催眠術、暗示によるその治療法」を「国際診療展望」誌に発表。マリー＝グリュンマーとの交際が始まる（一九二五年まで）。短篇『友人Y』、戯曲『挿話《エピソード》』など何篇かの小品が「美しき青きドナウのほとり」誌に掲載される。	ベルグソン『時間と自由』 ハウプトマンの『日の出前』、自由劇場で初演。 ブールジェ『弟子』

一八九〇	28	同じ雑誌に戯曲『アルカンディの歌』を発表。『アナトール』の別の二場が「現代文学《モデルネ・ディヒトゥング》」に掲載される。フーゴー＝フォン＝ホーフマンスタール、フェリックス＝ザルテン、リヒアルト＝ベーアーホフマン、ヘルマン＝バールらと知り合う。	ビスマルク失脚。フレイザー『金枝篇』ハムスン『飢え』イプセン『ヘッダ＝ガーブラー』
九一	29	『彼の人生の冒険』がヨーゼフシュタット劇場で初演。『クリスマスの買物』が「フランクフルト新聞」のクリスマス号に載る。	三国同盟、第三次更新。ヴェーデキント『春の目ざめ』
九二	30	9月、ヴェネチア旅行。カール＝クラウスを知る。『アナトール』がロリスの序詞つきでベルリンで上梓される（日付は九三年）。	仏露軍事協定。ハウプトマン『織工』ホーフマンスタール『チチアンの死』
九三	31	2月、アバッツィアへ旅行。5月、父死亡。病院を退職、開業医となる。以後、正式の結婚（一九〇三年）まで母と暮らす。7月、『別れの晩餐』がバートイシェルで初演。12・1、『メルヘン』がウィーンのドイツ民衆劇場で初演、失敗に終わる。この時ヒロインを演じたアデーレ＝ザンドロックとの交遊が始まる。	ルナール『にんじん』ホーフマンスタール『痴人と死』
九四	32	北欧の文芸評論家ゲオルク＝ブランデスと文通を始める。患者としてあらわれた声楽教師マリー＝ラインハルトと出会う。『死（みれん）』を「新ドイツ展望」誌に発表。	日清戦争勃発。フランスでドレフュス事件起こる。

一八九五	33	プラハ、カルロビバリなどに旅行。『運命への問い』ライプツィヒで初演。10・9、『恋愛三昧』ウィーン、ブルク劇場で初演、アデーレ＝ザンドロックがクリスティーネを演じる（シュニツラーとの関係は冷却していた）。小説『死（みれん）』、フィッシャー書房より出版。	フランス労働総同盟結成。 ヴェルレーヌ『懺悔録』 フォンターネ『エフィ・ブリースト』
九六	34	1・26、『運命への問い』ライプツィヒ、カローラ劇場で初演。2・4、『恋愛三昧』ベルリン、ドイツ座で上演。演出家オットー＝ブラーム、劇評家アルフレート＝ケルを知る。4～8月、北欧旅行。7月、クリスティアニアにイプセンを訪問。11・1、『野獣（禁猟期なしの獣）』ベルリン、ドイツ座で初演、ベルリン旅行。11・23、『輪舞』の執筆開始（完成は九七年二月二四日）。	オリンピック大会（第一回）開催。 ヴァレリー『テスト氏』 ハウプトマン『沈鐘』 チェーホフ『かもめ』 ジャリ『ユビュ王』
九七	35	4・17、ミュンヘン、チューリッヒ、パリ、ロンドン旅行に出発。パリへはマリー＝ラインハルトも同行。11月『野獣』上演を見にプラハに赴く。この年マリー＝ラインハルトがウィーン郊外で彼の子を死産。この事件が後の『自由への道』のモチーフとなる。	ゲオルゲ『魂の一年』 島崎藤村『若菜集』 ロスタン『シラノ・ド・ベルジュラック』
九八	36	1月『クリスマスの買物』ウィーン、ゾフィーホールで上演。『挿話』ライプツィヒで上演。夏、ホーフマンスタールとスイス旅行。8月、『緑のオウム』ベルリンで上演禁止。10・8、『遺産』ベルリン、ドイツ座で初演。11・30、『遺	米西戦争。 ファショダ事件。 モスクワ芸術座、『かもめ』で開場。

		産』ウィーン、ブルク劇場で初演。作家ヤーコプ＝ヴァッサーマンを知る。	ダヌンツィオ『死都』
一八九九	37	3・1、『緑のオウム』『パラツェルズス』『人生の伴侶』ともにブルク劇場で初演。宮廷の妨害で六回で終わる。この月、マリー＝ラインハルト盲腸炎で死亡。バウエルンフェルト賞受賞。4月、ドイツ座で『緑のオウム』他二作が上演されるのを機にベルリンへ旅行。7月、女優オルガ＝グスマンと出会う。	中国で義和団の乱。ブーア戦争勃発。トルストイ『復活』
一九〇〇	38	春、トリエステからシチリア島へ旅行。12・1、『ベアトリーチェのヴェール』、ブルク劇場の支配人シュレンターが上演の約束を取り消した後、ブレスラウのローベ劇場で上演。この月、『グストゥル少尉』を「新自由新報」誌に発表。『輪舞』二百部を自費出版し、知人に配る。	ツェッペリン、飛行船を試作。フロイト『夢判断』
〇一	39	3月、ベルリンの『超寄席《ユーバーブレットル》』で『人形芝居』が初演されるのを機にベルリンに赴く。ローマ、ニース、ジェノヴァ、フィレンツェに旅行。6・14、『グストゥル少尉』によって陸軍の名誉を毀損したとされ、国防軍予備将校の資格を剝奪される。10月、アナトール＝シリーズの『結婚式の朝』、ベルリンで上演。	トーマス＝マン『ブッデンブローク家の人々』チェーホフ『三人姉妹』ストリンドベリ『死の舞踏』
〇二	40	1・4、チクルス『生きている時』、ベルリン、ドイツ座で初演。稽古中に『短剣をふりかざす女』を手直しする。夏、	三国同盟、第四次更新。日英同盟締結。

西暦	年齢	年譜	背景をなす社会的事件、ならびに参考事項
		ホーフマンスタールと自転車旅行。8・8、長男ハインリヒ誕生。母親はオルガ＝グスマン。ハインリヒは後に俳優、演出家として活躍する。10月、ベルリンでオットー＝ブラームとともにハウプトマンを訪問。12・7、『恋愛三昧』『別れの晩餐』ともにウィーン、ヨーゼフシュタット劇場で初演。	ゾンバルト『近代資本主義』 ジッド『背徳者』 ゴーリキー『どん底』 ホーフマンスタール『チャンドス卿の手紙』。
一九〇三	41	3月、『ベアトリーチェのヴェール』、ベルリン、ドイツ座で上演。3・14、『生きている時』ウィーン、ドイツ民衆劇場で初演。6月、オルガ＝グスマンとイタリア旅行。8・26、ミュンヘンでオルガと結婚。9月、『人形使い』ベルリン、ドイツ座で初演。バウエルンフェルト賞をユダヤ人作家に与えた（一八九九年）ことに対し、議会で反対質問が行われた。『輪舞』初版刊行。	ストリンドベリ『夢の曲』 オーストリア、ロシアがアルバニアを占領。 ショウ『人と超人』 ロンドン『荒野の呼び声』 トーマス＝マン『トニオ・クレーガー』 チェーホフ『桜の園』
〇四	42	2・13、『孤独な道』ベルリン、ドイツ座で初演。3月、『輪舞』ベルリンで発売禁止。春、ローマ、ナポリ、シチリア島へ旅行。11月、『猛者カシアン』ベルリン小劇場で初演（演出はマックス＝ラインハルト）。一幕物『デロルメの館』はベルリンで上演禁止、刊行もされなかった。	日露戦争勃発。 イギリス-フランス協商成立。 ヘッセ『ペーター・カーメンツィント』 ベーア-ホフマン『シャロレ伯』

一九〇五	43	3月、イタリア旅行。10・12、『幕間劇』ブルク劇場で初演。この月、『緑のオウム』ウィーンのドイツ民衆劇場で上演。11月、プラハに講演旅行。	第一次ロシア革命。第一次モロッコ事件。アインシュタイン「特殊相対性理論」発表。
〇六	44	2月、『生の叫び』上演と、ブラームの五〇歳の誕生祝いのためベルリンに赴く。3・16、『大道化劇場』ウィーン、喜劇劇場で上演。初夏、デンマーク旅行、ブランデスを訪問。	イプセン没。ヘッセ『車輪の下』 アンドレーエフ『人の一生』
〇七	45	夏、長篇小説『自由への道』脱稿。短篇小説集『朧気なこころ』をフィッシャー書房より出版。	英仏露、三国協商成立。ゴーリキー『母』
〇八	46	1月、『幕間劇』でグリルパルツァー賞受賞。『自由への道』をフィッシャー書房より出版。	オーストリアがボスニア－ヘルツェゴヴィナの併合を宣言。マーテルランク『青い鳥』 バルビュス『地獄』
〇九	47	1月、『伯爵令嬢ミッツィー』ウィーン、ドイツ民衆劇場で初演。続いて『恋愛三昧』など何作かを連続上演。9・13、長女リリー誕生（彼女は一九二七年に二〇歳も年長のイタリアの将校と結婚し、ヴェネチアに赴くが、一年後自殺する）。『猛者カシアン』ライプツィヒで音楽劇として上演（オスカー＝シュトラウス作曲）。	ロシア・セルビアがオーストリアのボスニア－ヘルツェゴヴィナ併合を承認。ジッド『狭き門』 バール『演奏会』 モルナール『リリオム』

一九一〇	48	1月、パントマイム劇『女ピエロのヴェール』(ドーナニー作曲)初演のため、ドレスデンに赴く。夏、シュテルンヴァルテ通り七一番地(一八区)の家を購入。7・17、引越す。9月、オペラ化された『恋愛三昧』(フランツ＝ノイマン作曲)を見るため、フランクフルト(マイン河畔)に赴く。11・24、『若きメダルドゥス』ブルク劇場で初演。12月、『アナトール』全幕がベルリンとウィーンで上演。	南アフリカ連邦成立。リルケ『マルテの手記』ホーフマンスタール『クリスティーナの帰郷』
一一	49	作家ハインリヒ＝マンと文通を始める。2・23、妻オルガ、ベルリンでリートの夕を開催。9・9、母ルイーゼ没。10・14、悲喜劇『広い国』がウィーン(ブルク劇場)初めベルリン(レッシング劇場)、ミュンヘン、ブレスラウ(現ブロツラフ)、プラハ、ライプツィヒ、ハノーヴァー、ボッフムで同時初演を迎える。ウィーンの演出はフーゴー＝ティミッヒ。	第二次モロッコ事件。中国で辛亥革命。ベン『屍体公示所』ハインリヒ＝マン『臣下』シュテルンハイム『ペチコート』
一二	50	2月、『人形芝居』三部作、ウィーン、ドイツ民衆劇場で初演、5・15、五〇歳の誕生日には、ドイツ語圏諸国の劇場で新演出が一〇本、演目に載っている作品一五本が上演された。フィッシャー書房からは、七巻本全集(小説集三巻、戯曲集四巻)が出版された(ロシアではブリンの翻訳で九巻が一九一〇年に出版されている)。10月、『ベルンハルディ教授』のウィーンでの上演計画が、検閲によって禁止。11・28、	第一次バルカン戦争。中国で清朝滅亡、中華民国成立。ロマン＝ロラン『ジャン＝クリストフ』表現主義劇の先駆、ゾルゲの『乞う人』上演。

一九一三	51	『ベルンハルディ教授』ベルリン、小劇場《クライネス・テアーター》で初演。この日、オットー＝ブラーム没。 小説『ベアーテ夫人とその息子』出版。	第二次バルカン戦争。 プルースト『失われた時を求めて』 ココシュカ『殺人者、女たちの希望』
一四	52	1月、『恋愛三昧』コペンハーゲンでサイレント映画化され、台本作成に協力する。3月、『若きメダルドゥス』にライムント賞が授与される。8月、スイス滞在中に第一次世界大戦が勃発、困難な旅の末、翌月帰国。以後のシュニッツラーの作品で、第一次大戦勃発以降の時代を扱うものはない。 12月、ロシアの新聞に敵国側の作家を中傷することに対する抗議文を発表、ロマン＝ロランによる仏訳がスイスの新聞に掲載される。	第一次世界大戦勃発。 カイザー『カレーの市民』 ハーゼンクレーファー『息子』 シュトラム『リンクタ・スザンナ』
一五	53	10・15、『言葉の喜劇』ブルク劇場で初演。同時にダルムシュタットとフランクフルトでも上演される。	イタリアが三国同盟を脱退、オーストリアに宣戦布告。 カフカ『変身』
一六	54	5月、『記念の宝石』ウィーンで戦時救済慈善事業の催しとして上演。	オーストリア皇帝フランツ＝ヨーゼフ　世没。ハンガリー王カルル四世がカ

一九一七	55	11月、『フィンクとフリーダーブッシュ』ウィーンのドイツ民衆劇場で初演。小説『温泉医グレスラー博士』刊行。	ール一世として即位。 レーニン『帝国主義論』 ベン『脳髄』 ロシア二月革命。ロシア一〇月革命。 バルフォア宣言（イギリスがパレスチナにおけるユダヤ人の民族国家の建設を支持）。
一八	56	12・12、『ベルンハルディ教授』ウィーン民衆劇場で初演。小説『カサノヴァの帰郷』フィッシャー書房から刊行。第一次世界大戦の敗退とハプスブルク朝の崩壊の一ケ月前に、『ベルンハルディ教授』が上演禁止。	11月、第一次世界大戦終結。 11・12、カール一世退位、ハプスブルグ朝崩壊。 ハンガリー、独立を宣言。
一九	57	『姉妹一名スパーのカサノヴァ』、フィッシャー書房より出版。	6月、ベルサイユ講和条約。 ドイツ議会、ワイマール共和国憲法採択。 ヘッセ『デーミアン』 トラー『変転』
二〇	58	3・26、『スパーのカサノヴァ』ブルク劇場で初演。10月、『ベルンハルディ教授』に対して民衆劇場賞が授与される。 12・23、『輪舞』ベルリン小劇場で初演。	国際連盟発足。 トリアノン条約締結。 ザルツブルク-フェスティバル開始。

年	年齢	事項
一九二一	59	2・1、『輪舞』ウィーン、ドイツ民衆劇場付属小劇場で上演。2・17、劇場騒動、公衆の秩序を乱す恐れがあるという理由で上演禁止となる。2・22、ベルリンの『輪舞』上演も計画された妨害を受ける。6・26、妻オルガと離婚。11・8、ベルリンの『輪舞』上演で告訴されていたベルリン小劇場が無罪の判決を受ける。この月、アメリカでセシル＝デミルが『アナトール』をサイレント映画化。
二二	60	6月、フロイトと初めて長時間歓談する。六〇歳の誕生日を記念して、フィッシャー書房が全集に戯曲集と小説集を一冊ずつ追加。
二三	61	5月、ベルリンとコペンハーゲンに講演旅行。10月、『若きメダルドゥス』ウィーンで映画化。
二四	62	10・11、『誘惑の喜劇』ブルク劇場で初演。小説『令嬢エルゼ』パウル＝ソルナイ書房で出版。

ワシントン軍縮会議。
8月、オーストリア、アメリカと講和。
ピランデルロ『作者を探す六人の登場人物』
クラウス『人類最後の日々』
ムッソリーニ、独裁権を獲得。
ソビエト連邦成立。
シュペングラー『西欧の没落』完結。
ジョイス『ユリシーズ』
ヒトラー、一揆に失敗。
レンテンマルクの発行により、ドイツのインフレが収束に向かう。
エリオット『荒地』
オーストリア、ソ連邦を承認。
トーマス＝マン『魔の山』

一九二五	63	3・3、『アナトール』全幕が、ヨーゼフシュタット劇場の支配人となったマックス＝ラインハルト演出で上演される。7月、モスクワ室内劇場のタイーロフが演出したパントマイム『女ピエロのヴェール』の客演を見る。小説『裁判官の妻』『夢小説』刊行。	ロカルノ条約締結。フィッツジェラルド『偉大なるギャッピー』ヒトラー『わが闘争』カフカ『審判』ホーフマンスタール『塔』
二六	64	4月、娘リリーとイタリア、スペインに旅行。6月、記者作家協会コンコルディアの推薦でブルク劇場指環を受ける。12・31、『大晦日の夜』ヨーゼフシュタット劇場で初演。	カフカ『城』ショーロホフ『静かなドン』
二七	65	3月、台本に関与した映画『恋愛三昧』がベルリンで封切、（ヤーコプ＝フレック、ルイーゼ＝フレック監督）。4月、娘リリーとヴェネチアへ赴く。6月、リリー、イタリア人の将校アルノルド＝カッペリーニと結婚。この年『箴言と考慮の書』『言葉における精神と行為における精神』刊行。	7・15、右翼テロリストの釈放に抗議して、ウィーンでゼネスト。ハイゼンベルク、「不確定性原理」発表。
二八	66	3月、『野獣』映画化され、ベルリンで封切。4月、リリー夫妻とコンスタンチノープルへ旅行。7・21、リリー、自殺。埋葬式のためヴェネチアに赴く。この年、長篇小説『テレーゼ―女の一生―』刊行。	パリ不戦争約。ロレンス『チャタレイ夫人の恋人』ブレヒト『三文オペラ』
二九	67	『令嬢エルゼ』映画化（ツィンナー監督）。12・21、『夏の風の戯れ』ウィーン、ドイツ民衆劇場で上演。	10・24、ニューヨーク、ウォール街の株式市場大暴落。

一九三〇	68	サン-モリッツ、マリエンバート、ベルリンなどに旅行。	ホーフマンスタール没。ロンドン海軍軍縮会議。
三一	69	2・14、『池にゆく道』ブルク劇場で初演。9月、アメリカのメトロ-ゴールドゥインメイヤーが小説『早朝の一幕』を初めてトーキー映画化。10・20、小説『闇への逃走』を出版社に渡す（原稿ははるか以前に完成していた）。10・21、ウィーンで脳溢血のため死亡。	5月、オーストリアの中央銀行が支払い停止。9・13、オーストリアの右翼、祖国防衛団の反乱。フーバーのモラトリアム宣言。

参考文献

●作品の主な翻訳

『シュニツラー短篇全集』全四巻――河出書房 一九三六
『シュニツラー選集』全四巻――実業之日本社 一九五一
『現代ドイツ文学全集2 シュニツラー篇』――河出書房 一九五三
『シュニッツラー短篇集』藤本直秀訳――三修社 一九八二
『輪　舞』高橋健二訳――新潮文庫 一九五二
中村政雄訳――岩波文庫 一九五四
『女の一生（テレーゼ）』竹内英之助訳――角川文庫 一九五四
高橋健二訳（「世界文学全集16」所収）――河出書房新社 一九五八
『令嬢エルゼ』桜井和市訳――角川文庫 一九五六
『恋愛三昧』番匠谷英一訳――角川文庫 一九五九
『グストゥル少尉』野島正城訳（「世界文学大系91」所収）――筑摩書房 一九六四
『ウィーンの青春（ある自伝的回想）』田尻三千夫訳――みすず書房 一九八九
『夢小説・闇への逃走』池内紀・武村知子訳――岩波文庫 一九九〇
『カサノヴァの帰還』金井英一・小林俊明訳――集英社 一九九二

●研究書

山岸光宣『現代の独逸戯曲2』（シュニツラーについて、一一〇～一二三ページ）―― 東京宝文館　一九三三
成瀬無極『近代独逸文学思潮』（「戯曲作家としてのシュニツレルー」三三五～四六七ページ）―― 表現社　一九三四
伊藤武雄「アルトゥール＝シュニツラー」（世界文学講座「世界文学5」所収、一～二二ページ）―― 岩波書店　一九三三
池内　紀編『ウィーン／聖なる春』―― 図書刊行会　一九八七
ラリー＝ウルフ『ウィーン一八九九年の事件』寺門泰彦訳 ―― 晶文社　一九九二
『陽気な黙示録』（田尻三千夫・小泉佐栄・棗田光行・赤司英一郎の四氏のシュニツラーに関する論文を所収）―― 中央大学出版会　一九九三
※なお、シュニツラーの完全な書誌（一九九二年まで、井上修一・小泉淳二・森正史の三氏の作成）は、日本独文学会機関誌「ドイツ文学」一九九三年春号（90号）に掲載されている。日本独文学会　東京都文京区本郷五―三〇―二〇　郁文堂内）で発注できる。

●最も入門的な原書の研究書

Scheibe, Hartmut: Schnitzler. ro ro ro bildmonographien 235 Rowohlt Verlag, Reinbek, 1976.
Perlmann, Michacla L: Arthur Schnitzler. Sammlmg Metzler. Band 239, Stuttgart, 1987.
Urbach, Reinhard: Schnitzler Kommentar, Winkler Verlag, München, 1974.
Urbach, Reinhard: Arthur Schnitzler, Friedrichs Dramatiker des Welttheaters. (Bd. 56), Friedrich Verlag, Velber bei Hannover, 1968.

さくいん

【人名】

【事項】

【シュニツラーの著作】

【その他の書名・雑誌名】

シュニツラー■人と思想118　　　定価はカバーに表示

1994年12月1日　第1刷発行©
2016年5月25日　新装版第1刷発行©

・著　者 ……………… 岩淵《いわぶち》　達治《たつじ》
・発行者 ……………… 渡部　哲治
・印刷所 ……………… 広研印刷株式会社
・発行所 ……………… 株式会社　清水書院

〒102-0072　東京都千代田区飯田橋3-11-6
Tel・03(5213)7151〜7
振替口座・00130-3-5283
http://www.shimizushoin.co.jp

検印省略
落丁本・乱丁本は
おとりかえします。

CenturyBooks

Printed in Japan
ISBN978-4-389-42118-2